AKIYUKI NOSAKA

LA TUMBA DE LAS LUCIÉRNAGAS
LAS ALGAS AMERICANAS

(Dos novelas breves)

Traducción de
LOURDES PORTA Y JUNICHI MATSUURA

BARCELONA 1999　EL ACANTILADO

PRIMERA EDICIÓN *noviembre de 1999*
TÍTULOS ORIGINALES *Hotaru no haka* y *Amerika hijiki*

Publicado por:
EL ACANTILADO

Quaderns Crema, S. A., Sociedad Unipersonal
Muntaner, 462 - 08006 Barcelona
www.elacantilado.com
correo@elacantilado.com
Tel.: 934 144 906 - Fax: 934 147 107

Amerika Hijiki: © 1967 by Akiyuki Nosaka
Hotaru no haka: © 1968 by Akiyuki Nosaka
© de la traducción: 1999 by Lourdes Porta y Junichi Matsuura
© de esta edición: 1999 by Quaderns Crema, S.A.

Original Japanese edition published by Bungeishunju Ltd.
Spanish translation rights arranged with Akiyuki Nosaka through
Japan Foreign-Rights Centre

Derechos exclusivos de edición en lengua castellana:
Quaderns Crema, S. A.

ISBN: 84-95359-06-5
DEPÓSITO LEGAL: B. 49.705 - 1999

La traducción de esta obra cuenta con la ayuda
de la Association for 100 Japanese Books

JULIO HURTADO *Corrección de pruebas*
NACHO GUILERA *Ilustración de la cubierta*
MARTA SERRANO *Producción gráfica*
MERCÈ PUJADAS *Producción editorial*
VÍCTOR IGUAL, S.L. *Preimpresión*
ROMANYÀ-VALLS *Impresión y encuadernación*

ÍNDICE

LA TUMBA DE LAS LUCIÉRNAGAS

Estaba en la estación Sannomiya, lado playa, de los ferrocarriles nacionales, el cuerpo hecho un ovillo, recostado en una columna de hormigón desnuda, desprovista de azulejos, sentado en el suelo, las piernas extendidas; aunque el sol le había requemado la piel, aunque no se había lavado en un mes, las mejillas demacradas de Seita se hundían en la palidez; al caer la noche contemplaba las siluetas de unos hombres que maldecían a voz en grito—¿imprecaciones de almas embrutecidas?—mientras atizaban el fuego de las hogueras como bandoleros; por la mañana distinguía, entre los niños que se dirigían a la escuela como si nada hubiera sucedido, los *furoshiki*[1] de color blanco y caqui del Instituto Primero de Kobe, las carteras colgadas a la espalda del Instituto Municipal, los cuellos de las chaquetas marineras sobre pantalones bombachos de la Primera Escuela Provincial de Shôin, situada en la parte alta de la ciudad; entre la multitud de piernas que pasaban incesantemente junto a él, algunos, al percibir un hedor extraño—¡mejor si no se hubieran dado cuenta!—, bajaban la mirada y esquivaban de un salto, atolondrados, a Seita, que ya ni siquiera se

[1] Pañuelo para envolver paquetes. (*N. de los T.*)

9

sentía con fuerzas para arrastrarse hasta las letrinas que estaban frente a él.

Los niños vagabundos se arracimaban junto a las gruesas columnas de tres *shaku*[2] de ancho, sentados uno bajo cada una de ellas como si buscaran la protección de una madre; que se hubieran apiñado en la estación, ¿se debía, quizá, a que no tenían acceso a ningún otro lugar?, ¿a que añoraban el gentío que la abarrotaba siempre?, ¿a que allí podían beber agua?, ¿o, quizá, a la esperanza de una limosna caprichosa?; el mercado negro, bajo el puente del ferrocarril de Sannomiya, empezó justo entrar septiembre con bidones de agua, a cincuenta *sen*[3] el vaso, en los que habían diluido azúcar quemado, e inmediatamente pasó a ofrecer batatas cocidas al vapor, bolas de harina de batata hervida, pastas, bolas de arroz, arroz frito, sopa de judías rojas, bollos rellenos de pasta de judía roja endulzada, fideos, arroz hervido con fritura y arroz con curry, y también pasteles, arroz, trigo, azúcar, frituras, latas de carne de ternera, latas de leche y de pescado, aguardiente, whisky, peras, pomelos, botas de goma, cámaras de aire para bicicletas, cerillas, tabaco, calcetines, mantas del ejército, uniformes y botas militares, botas de cuero... «¡Por diez yenes! ¡Por diez

---

[2] Unidad de longitud japonesa. Un *shaku* equivale a 30.3 centímetros. *(N. de los T.)*

[3] Moneda japonesa. Cien *sen* equivalían a un *yen*. *(N. de los T.)*

yenes!»: alguien ofrecía una fiambrera de aluminio llena de trigo hervido que había hecho preparar aquella misma mañana a su mujer; otro iba diciendo: «¡Por veinte yenes!, ¿qué tal? ¡Por veinte yenes!», mientras sostenía entre los dedos de una mano unos zapatos destrozados que había llevado puestos hasta unos minutos antes; Seita, que había entrado perdido, sin rumbo, atraído simplemente por el olor a comida, vendió algunas prendas de su madre muerta a un vendedor de ropa usada que comerciaba sentado sobre una estera de paja: un *nagajuban*, un *obi*, un *han'eri* y un *koshihimo*,[4] descoloridos tras haberse empapado de agua en el fondo de una trinchera; así, Seita pudo subsistir, mal que bien, quince días más; a continuación se desprendió del uniforme de rayón del instituto, de las polainas y de unos zapatos y, mientras dudaba sobre si acabar vendiendo incluso los pantalones, adquirió la costumbre de pasar la noche en la estación; y después: un niño, acompañado de su familia, que debía volver del lugar donde se había refugiado—llevaba la capucha de protección antiaérea cuidadosamente doblada sobre una bolsa de lona y acarreaba sobre sus espaldas, colgados de la mochila, una olla, una

---

[4] Diferentes piezas que forman parte del quimono. El *nagajuban* es una prenda parecida a la combinación que se lleva debajo del quimono. El *obi* es el cinturón ancho que ciñe el quimono y el *koshihimo*, el cordón ceñidor que se pone debajo del *obi*. El *han'eri* es el cuello que se aplica al *juban* y que va debajo del quimono. *(N. de los T.)*

tetera y un casco—, le dio, como quien se deshace
de un engorro, unas bolas de salvado de arroz medio podridas que debían haber preparado para comer en el tren; o bien, la compasión de unos soldados desmovilizados, o la piedad de alguna anciana
que debía tener nietos de la edad de Seita, quienes,
en ambos casos, depositaban en el suelo con reverencia, a cierta distancia, como si hicieran una
ofrenda ante la imagen de Buda, mendrugos de pan
o paquetitos cuidadosamente envueltos de granos
de soja tostada que Seita recogía agradecido; los
empleados de la estación habían intentado echarlo
alguna que otra vez, pero los policías militares que
hacían guardia a la entrada de los andenes lo defen-
dían a bofetadas; ya que en la estación, al menos,
había agua en abundancia, decidió echar raíces en
ella y, dos semanas después, ya no podía levantarse.

Una terrible diarrea no lo abandonaba y se suce-
dían sus idas y venidas a las letrinas de la estación;
una vez en cuclillas, al intentar ponerse en pie, sentía que sus piernas vacilaban, se incorporaba apre-
tando su cuerpo contra una puerta cuyo tirador había sido arrancado, y avanzaba apoyándose con una
mano en la pared; parecía, cada vez más, un balón
deshinchado y, poco después, recostado en la columna, fue ya incapaz de ponerse en pie, pero la diarrea lo seguía atacando implacablemente y en un
instante teñía de amarillo la superficie alrededor de
su trasero; Seita, aturdido, se sentía morir de ver-

12

güenza y, como su cuerpo inerte era incapaz de emprender la huida, intentaba al menos ocultar aquel tinte, arañaba con ambas manos la escasa arena y el polvo del suelo para cubrirlo con ello, pero apenas lograba cubrir una parte insignificante; a los ojos de cualquiera debía parecer que un pequeño vagabundo enloquecido por el hambre estuviera jugueteando con la mierda que se había hecho encima.

Ya no tenía hambre, ni sed, la cabeza le caía pesadamente sobre el pecho, «¡Puaff! ¡Qué asco!», «Debe de estar muerto», «¡Qué vergüenza que estén ésos en la estación! Ahora que dicen que está a punto de entrar el ejército americano»: sólo vivían sus oídos, distinguía los diversos sonidos que lo envolvían; de noche, cuando todo enmudecía de súbito: el eco de unas *geta*[5] que andaban por el recinto de la estación, el estruendo de los trenes que circulaban sobre su cabeza, pasos que echaban a correr de repente, la voz de un niño: «Mamaaa...», el murmullo de un hombre que hablaba entre dientes cerca de él, el estrépito de los cubos de agua arrojados violentamente por los empleados de la estación, «¿A qué día debemos estar hoy? ¿A qué día? ¿Cuánto tiempo debo llevar aquí?», en instantes de lucidez veía ante sus ojos el suelo de hormigón sin comprender que se había derrumbado sobre su costado, el cuerpo doblado en dos, en la misma postura que tenía cuando estaba sentado; y mirando absorto cómo

---

[5] Sandalias de madera. (*N. de los T.*)

la tenue capa de polvo del suelo temblaba al compás de su débil respiración, con un único pensamiento: «¿A qué día debemos estar hoy? ¿A qué día debemos estar hoy?», Seita murió.

En la madrugada del veintiuno de septiembre del año veinte de *Shôwa*,[6] un día después de que se aprobara la Ley General de Protección a los Huérfanos de Guerra, el empleado de la estación que inspeccionaba medrosamente las ropas infestadas de piojos de Seita descubrió bajo la faja una latita de caramelos e intentó abrirla, pero, tal vez por estar oxidada, la tapa no cedió: «¿Qué es eso?», «¡Déjalo ya! ¡Tira esa porquería!», «Este tampoco durará mucho. Cuando te miran con esos ojos vacíos, ya no hay nada que hacer...», dijo uno de ellos, observando el rostro cabizbajo de otro niño vagabundo, más pequeño aún que Seita, sentado junto al cadáver que, antes de que vinieran a recogerlo del ayuntamiento, seguía sin cubrirlo ni una estera de paja; cuando agitó la latita como si no supiera qué hacer con ella, sonó un clic-clic, y el empleado, con un impulso de béisbol, la arrojó entre las ruinas calcinadas de delante de la estación, a un rincón oscuro donde ya había crecido la hierba espesa del verano; al caer, la tapa se desprendió, se esparció un polvillo blanco y tres pequeños trozos de hueso rodaron por el suelo espantando a veinte o treinta luciérnagas diseminadas por la hierba que echaron a volar

---

[6] Año 1945 de nuestro calendario. *(N. de los T.)*

14

precipitadamente en todas direcciones, entre parpadeos de luz, apaciguándose al instante.

Aquellos huesos blancos eran de la hermana pequeña de Seita, Setsuko, que había muerto el veintidós de agosto en una cueva de Manchitani, Nishinomiya; la enfermedad que la condujo a la muerte era llamada enteritis aguda; en realidad, incapaz a sus cuatro años de sostenerse en pie y rendida por la somnolencia, la muerte le llegó, como a su hermano, por una debilidad extrema debida al hambre.

El cinco de junio, Kobe fue bombardeado por una formación de trescientos cincuenta B-29 y los cinco barrios de Fukiai, Ikuta, Nada, Suma y Higashi-Kobe quedaron reducidos a cenizas; Seita, estudiante de tercer año de bachillerato, movilizado en un pelotón de trabajo, iba por entonces a la acería de Kobe, pero aquel día, jornada de restricción de luz, se encontraba en su casa, cerca de la playa de Mikage, cuando se anunció el estado de alerta, así que decidió enterrar en el huerto, al fondo del jardín, entre tomates, berenjenas, pepinos y pequeñas legumbres, un brasero de porcelana de Seto en el cual, según un plan preconcebido, había metido el arroz, los huevos, la soja, el bonito seco, la mantequilla, los arenques secos, las ciruelas conservadas en sal, la sacarina y los huevos en polvo de la cocina, y lo cubrió con tierra, tomó en brazos a Setsuko, de quien su madre, enferma, no podía ocuparse, y se la cargó a la espalda, arrancó del marco una fotografía donde posaba en uniforme de gala su padre, un te-

15

niente de navío de quien no tenían noticias desde que había embarcado en una fragata, y se la escondió en el pecho; tras los dos bombardeos del diecisiete de marzo y del once de mayo, sabía que, acompañado de una mujer y de una niña, le sería completamente imposible sofocar una bomba incendiaria y que la zanja excavada en el suelo de su casa no le ofrecería protección alguna; así que, ante todo, envió a su madre al refugio antiaéreo reforzado con hormigón que la comunidad de vecinos había instalado detrás del parque de bomberos y, cuando empezaba a embutir en una mochila los trajes de paisano de su padre que estaban en el armario ropero, todas las campanas de los puestos de vigilancia antiaérea sonaron al unísono con un repiqueteo extrañamente alegre; apenas hubo corrido al recibidor, Seita se vio envuelto por el estruendo de bombas que se estrellaban contra el suelo; tras la primera oleada, debido a aquel estrépito espantoso, tuvo la alucinación de que había vuelto de repente el silencio, aunque el retumbar opresivo, ¡rrrrr!, ¡rrrrr!, de los motores de los B-29 no cesaba un instante; hasta aquel día, al volverse y levantar los ojos hacia lo alto, sólo había contemplado, agazapado en el refugio antiaéreo de la fábrica, innumerables estelas que surcaban el cielo tras una infinidad de puntitos diminutos que volaban hacia el este, o bien, apenas cinco días antes, durante el bombardeo a Osaka, un enjambre parecido a un banco de peces que se deslizaba entre las nubes, allá en lo alto, por el cielo de la bahía de Osaka; pero ahora, aquellas enormes figuras volaban tan bajo que, en su ruta desde el mar a la montaña, antes de desaparecer por el oeste, incluso podían distinguirse las gruesas líneas trazadas en el vientre de los fuselajes y el bascular de las alas; las bombas retumbaron de nuevo y Seita quedó inmóvil, clavado en el suelo, como si el aire se hubiera solidificado de repente; se oyó entonces un metálico clinc-clanc: una bomba incendiaria de color azul, cinco centímetros de diámetro y sesenta de largo, había caído al suelo rodando desde el tejado y brincaba en el camino como una oruga geómetra e iba esparciendo aceite; Seita, aturdido, corrió a la entrada de la casa, pero al ver la humareda negra que ya venía fluyendo despacio desde el interior, salió de nuevo, aunque fuera sólo halló una hilera impasible de casas, un espacio desierto y, frente a la casa, una escobilla de apagar el fuego y una escalera de mano apoyada, de pie, contra la valla; debía llegar, como fuese, al refugio donde estaba su madre y emprendió la marcha con Setsuko sollozando a su espalda justo cuando empezaba a salir una humareda negra desde una ventana del primer piso de la casa de la esquina y, simultáneamente, como por simpatía, prendieron unas bombas incendiarias que debían de haber permanecido humeando en el desván y se oyó crepitar los árboles del jardín; las llamas se extendieron por el borde del alero y la puerta corredera, ardiendo, se desprendió y cayó; en un instante, su campo visual se oscureció

17

y la atmósfera se volvió abrasadora; Seita echó a correr con todas sus fuerzas, como si lo empujaran, y huyó hacia el este a lo largo de la vía elevada del ferrocarril de la línea Hanshin con el propósito de llegar al malecón del río Ishiya, pero una muchedumbre que huía en busca de refugio abarrotaba ya el camino: gente que arrastraba pesadas carretas, hombres que cargaban colchones sobre sus espaldas, viejas que llamaban a alguien con voz chillona... Seita, exasperado, se dirigió entonces hacia el mar, mientras las chispas danzaban a su alrededor, envuelto aún por el silbido de las bombas; en el camino, un tonel impermeable de sake de treinta *koku*[7] roto y anegado en agua, hombres que se disponían a evacuar a los heridos en angarillas; cuando creía haber llegado a una zona desierta, se topó, una calle más allá, con un alboroto frenético de gente que, como en una limpieza general, vaciaba sus casas llevándose incluso los *tatami*;[8] cruzó la antigua carretera nacional, siguió corriendo por callejas estrechas y, en las afueras de un barrio donde, presumiblemente tras una huida precipitada, ya no quedaba ni un alma, vio las negras bodegas del Gokyô de Nada, tan familiares para él... En verano, cuando se acercaba a aquel barrio, un olor salobre impreg-

---

[7] Unidad de volumen. Un *koku* equivale a 180 litros. *(N. de los T.)*

[8] Estera gruesa de paja cubierta con un tejido de juncos japoneses que se instala sobre el suelo de madera. *(N. de los T.)*

naba el aire, la arena brillaba entre una bodega y otra, a espacios de unos cinco *shaku*, bajo el sol del verano, y el mar azul profundo asomaba bajo un horizonte sorprendentemente alto; ahora esta imagen se había extinguido y cuando Seita corrió hasta allí, como en un acto reflejo, pensando que únicamente el agua podía salvarlo del fuego en una costa donde no había abrigo alguno, encontró a otros que, azuzados por la misma obsesión, se habían cobijado junto a los cabrestantes que servían para arrastrar las barcas de pesca y las redes en aquella playa de arena de cincuenta metros de ancho; Seita siguió hacia el oeste, hacia el río Ishiya, cuyas orillas habían sido elevadas con dos terraplenes tras las inundaciones del año trece de *Shôwa*,[9] y se ocultó en uno de los huecos que se encontraban, a trechos, en el nivel superior; tenía la cabeza al descubierto, pero, después de todo, le infundía confianza estar escondido en un agujero; cuando se sentó, el corazón le palpitaba con fuerza, estaba sediento y el mero esfuerzo de levantarse para desatar los lazos de su espalda y tomar en brazos a Setsuko, en quien no había tenido apenas tiempo de pensar hasta aquel momento, le hizo entrechocar las rodillas y estuvo a punto de derribarlo, pero Setsuko ni siquiera lloraba y con su pequeña caperuza estampada de protección antiaérea, una blusita blanca, los pantalones estampados con el mismo motivo que la caperuza,

[9] Año 1938. (*N. de los T.*)

unos *tabi*[10] rojos de franela y con una sola de sus *geta* favoritas lacadas en negro, aferraba con fuerza una muñeca y un monedero grande y viejo de su madre. Traídos por el viento, el olor a quemado y el crepitar de las llamas parecían muy cercanos; el fragor de las bombas, a ráfagas, como un aguacero de verano, alejándose hacia el oeste; aterrados, hermano y hermana se arrimaban de vez en cuando el uno al otro y entonces a Seita se le ocurrió sacar de la bolsa especial antiaérea la fiambrera con los restos del arroz refinado que su madre había cocido la noche anterior—el último arroz refinado que les quedaba y que su madre había decidido que ya no valía la pena guardar más—, junto con el arroz sin descascarillar con granos de soja de aquella mañana y tras destapar la mezcla, medio blanca, medio negra, que ya empezaba a tener una consistencia viscosa, hizo comer la parte blanca a Setsuko; al levantar los ojos hacia el cielo y verlo teñido de color anaranjado, Seita recordó que su madre le había contado una vez que la mañana del gran terremoto de Kantô las nubes se habían vuelto amarillas.

«¿Y mamá? ¿A dónde se ha ido?», «Está en el refugio. Dicen que el refugio que hay detrás del parque de bomberos resiste incluso bombas de doscientos cincuenta kilos, aunque caigan justo encima, así que no le pasará nada», dijo Seita como si él mismo intentara convencerse, ya que toda la zona de la cos-

---

[10] Calcetines japoneses. *(N. de los T.)*

ta de Hanshin que vislumbraba de vez en cuando a través de la avenida de pinos del dique vibraba lentamente en una tonalidad escarlata; «Seguro que está cerca de Nihonmatsu, en el río Ishiya. Descansaremos un rato y después iremos hacia allí», Seita se había animado de repente diciéndose que su madre debía de haber escapado con vida de aquellas llamas, «¿Estás bien, Setsuko? ¿No te ha pasado nada?», «He perdido una *geta*», «Ya te compraré otras, y aún más bonitas», «¡Yo también tengo dinero!», Setsuko mostró el monedero, «Ábrelo», al abrir el recio cierre del monedero, aparecieron tres o cuatro monedas de uno y cinco *sen* junto con una bolsita moteada de blanco y unas fichas de *ohajiki*[11] rojas, amarillas y azules, iguales a aquella que se había tragado Setsuko el año anterior, una que apareció al día siguiente por la tarde tras hacerle hacer caca en el jardín sobre un periódico extendido. «¿Nuestra casa se ha quemado?», «Creo que sí», «¿Y ahora qué haremos?», «Papá nos vengará, ¡ya lo verás!», estas palabras no eran una respuesta, pero tampoco Seita tenía ni la más remota idea de lo que iba a suceder a continuación: únicamente un zumbido de motores alejándose y, poco después, una lluvia que cayó torrencialmente durante cinco minutos; al ver las manchas negras que dejaba sobre ellos, Seita

[11] Juguete que consta de unas fichas de cristal, redondas y de un centímetro de diámetro aproximadamente. Se juega de una forma similar a las canicas. (*N. de los T.*)

pensó: «¡Ah! ¡Ésta es la lluvia de los bombardeos!», y habiendo dominado finalmente el pánico, se levantó y contempló el mar cuya superficie se había ennegrecido de pronto, repleta de innumerables desechos que flotaban a la deriva; la imagen que ofrecía la montaña no había cambiado, pero la parte izquierda del monte Ichiô parecía haberse incendiado, porque una nube de humo púrpura se extendía suavemente por el cielo... «¡Aúpa! ¡Arriba!», sentó a Setsuko en el borde del agujero y le dio la espalda para que la pequeña montara sobre él; cuando lo hizo, la sintió terriblemente pesada, aunque durante la huida ni siquiera había reparado en ella; agarrándose a las raíces de las hierbas, se arrastró hasta la cima del dique.

Desde la cumbre, las dos escuelas populares de Mikage y la sala de actos municipal se veían tan cercanas como si se hubieran desplazado andando hasta allí; las bodegas y los barracones del ejército, así como la caserna de bomberos y el pinar, habían desaparecido por completo; el terraplén del ferrocarril de Hanshin se veía a dos pasos y, en el lugar donde cruzaba con la carretera nacional, había tres vagones detenidos en la vía interceptando el paso; los escombros calcinados se extendían a lo largo de una suave pendiente hasta el pie del monte Rokkô; el horizonte aparecía velado y había quince o dieciséis lugares de donde brotaban todavía el humo y las llamas; de repente se oyó un fuerte estrépito: ¿quizá una bomba que no había prendido hasta aquel momento?, ¿una de explosión retardada, tal vez? No, eran planchas de cinc que un torbellino de viento hacía volar por los aires mientras silbaba como el cierzo invernal; Seita sintió cómo Setsuko se apretujaba contra su espalda y decidió hablarle: «Fíjate, no ha quedado nada, qué despejado está todo, ¿verdad? ¡Mira, aquélla es la sala de actos adonde fuimos los dos a comer *zôsui*!»,[12] pero no hubo respuesta. «¡Un momento!», Seita se detuvo a enrollarse bien las polainas y, cuando reemprendió la marcha por lo alto del dique, descubrió a su derecha tres casas que se habían salvado de las llamas, la estación Ishiyagawa de la línea Hanshin reducida a su armazón y, unos pasos más allá, un santuario sintoísta completamente arrasado donde únicamente quedaba la pila de las abluciones; conforme iba andando, aumentaba el número de personas: familias exhaustas sentadas al borde del camino, apenas con ánimos de mover los labios, calentando agua en una tetera suspendida de unos palos sobre una hoguera de carbón mineral donde también asaban *hoshiimo*;[13] Nihonmatsu estaba más allá, a la derecha, siguiendo por la carretera nacional hacia la montaña; cuando lograron, a duras penas, llegar hasta allí, no encontraron a su madre por ninguna parte y, al ver que todos miraban hacia el lecho del río, Seita se

---

[12] Gachas de arroz y legumbres. En época de guerra, la gente las comía debido a la gran escasez de arroz. *(N. de los T.)*
[13] Batata cortada fina y secada al sol. *(N. de los T.)*

asomó: allí abajo, sobre la arena seca del cauce, vio cinco cadáveres de muertos por asfixia, unos de bruces contra el suelo y otros boca arriba, con los brazos y las piernas extendidos; Seita decidió comprobar si entre ellos estaba su madre.

Su madre padecía del corazón desde el nacimiento de Setsuko; por las noches, cada vez que tenía una crisis, pedía a Seita que le refrescara el pecho con agua fría y cuando el dolor era muy agudo, él la ayudaba a incorporarse y la recostaba sobre una pila de cojines amontonados a su espalda; su seno derecho, incluso a través del camisón, se veía vibrar violentamente al compás de los latidos; su tratamiento, a base de medicina china, consistía en unos polvos rojos que tomaba mañana y noche; sus muñecas eran tan delgadas que se podían dar dos vueltas con una mano. Como no podía correr, Seita cuidó de que ella los precediera en ir al refugio antiaéreo, pero más tarde, aún sabiendo que si el refugio quedaba rodeado por las llamas podía convertirse en su tumba, Seita había huido a toda prisa, olvidando la seguridad de su madre, sólo porque el fuego interceptaba el camino más corto que conducía hasta allí y ahora se culpaba a sí mismo por ello, aunque, ¿qué habría podido hacer, en realidad, de haber estado con ella? por otra parte, su madre le había dicho bromeando: «Tú huye con Setsuko, yo ya me las apañaré sola. Si os pasara algo a vosotros, ¿qué excusa le daría a papá? ¿Me has entendido bien?»

En la carretera nacional, dos camiones de la armada corrían hacia el oeste, un hombre del cuerpo civil de defensa antiaérea montado en una bicicleta gritaba algo por el megáfono, un niño de la edad de Seita le decía a un amigo: «Nos han caído dos bombas justo encima. Nosotros queríamos arrojarlas afuera envolviéndolas con una estera de paja, pero, no veas, soltaban aceite por todas partes...» «¡A los habitantes de Uenishi, Kaminaka y Ichirizuka: agrúpense en la Escuela Popular de Mikage!»; habían nombrado su barrio y Seita pensó al instante en la posibilidad de que su madre se hubiera refugiado en la escuela; cuando se dispuso a bajar la pendiente del dique, volvían a oírse explosiones, el fuego seguía llameando entre los escombros y, si no tenían una anchura considerable, el aire ardiente que inundaba las calles impedía avanzar por ellas, «Quedémonos un poco más aquí», le dijo a Setsuko quien, como si hubiera estado aguardando a que le dirigiera la palabra: «¡Seita, pipí!», «¡Vamos! ¡Abajo!», la depositó en el suelo, la levantó cogiéndola por los muslos y la sostuvo en vilo con las piernas abiertas: el chorro de orina brotó con una fuerza inesperada; después la enjugó con una toallita, «Ya puedes quitarte la caperuza» y, al ver que tenía la cara ennegrecida de hollín, humedeció el otro extremo de la toalla con agua de la cantimplora: «Este lado está limpio, ya lo ves», y le lavó la cara, «Me duelen los ojos», debido al humo los tenía inyectados en sangre, «Te los lavarán cuando lleguemos a la escuela», «¿Y a mamá, qué le ha pasado?», «Está

25

en la escuela», «¿Por qué no vamos allí, entonces?», «Aunque queramos, no podemos pasar todavía. Todo está ardiendo», Setsuko se echó a llorar diciendo que quería ir a la escuela; su llanto no era el de una niña mimada y ni siquiera se debía al dolor, más bien parecía el lamento de una persona adulta. «Seita, ¿ya has visto a tu madre?», la hija solterona de la casa de enfrente lo llamó, en el patio de la escuela, cuando se disponía a ponerse de nuevo en la cola para que los soldados del cuerpo sanitario volvieran a lavarle los ojos a Setsuko, ya que después de la primera vez seguían doliéndole, «Aún no», «Date prisa, está herida», y antes de que Seita pudiera preguntarle si podía cuidar de Setsuko, la mujer dijo: «Yo me quedaré con ella. ¿Has tenido miedo, Setchan? ¿Has llorado?», hasta aquel día, no habían tenido apenas relación con ella, por lo tanto, ¿no se debería tanta amabilidad a que la mujer conocía la gravedad del estado de su madre?, Seita se alejó de la fila y, al llegar a la enfermería que tan familiar le era después de haber estudiado seis años en aquella escuela, vio una palangana llena de sangre, los trozos de vendas, el suelo y las batas blancas de las enfermeras teñidos de rojo, un hombre con el uniforme civil-patriótico tumbado boca abajo, inmóvil; una mujer con una pierna vendada asomando bajo unos pantalones hechos jirones; Seita, sin saber qué debía preguntar, permaneció allí de pie, mudo e inmóvil, hasta que se le acercó el señor Oobayashi, el presidente de la comunidad de vecinos,

26

«¡Ah, Seita! Te estábamos buscando, ¿estás bien?», le puso una mano sobre la espalda: «Por aquí», lo condujo al pasillo y cuando, tras ausentarse unos instantes, regresó de la enfermería, desenvolvió un anillo de jade depositado en el fondo de una cubeta quirúrgica y se lo entregó: «Es de tu madre»; Seita, ciertamente, recordaba el anillo.

El aula de trabajos manuales se encontraba en un rincón apartado de la planta baja: allí habían instalado a los heridos graves y, de entre ellos, los que estaban todavía más cerca de la agonía yacían en la sala de profesores, al fondo de todo; la madre tenía la parte superior del cuerpo completamente envuelta en vendas, sus brazos parecían bates de béisbol y, en el vendaje que se enrollaba en espiral alrededor de la cara, se abrían unos agujeros negros únicamente sobre la boca, la nariz y los ojos; el extremo de su nariz recordaba el rebozado del *tempura*,[14] los pantalones estaban tan quemados que apenas se reconocían y, por debajo de ellos, asomaban unas medias gruesas de color pelo de camello, «Por fin se ha quedado dormida. Sería mejor ingresarla, si encontráramos algún hospital. Ahora lo están preguntando. Dicen que el hospital Kaisei de Nishinomiya no se ha quemado, ¡pero vete a saber!», más que dormir, estaba en coma, por eso su respiración era tan irregular, «Oiga, mi madre padece del corazón, si

[14] Plato de origen portugués que se compone de pescado y verduras rebozadas. *(N. de los T.)*

27

pudiera darle algún medicamento...», «¡Ah, lo intentaremos!», dijo asintiendo con un movimiento de cabeza, pero incluso Seita comprendió que era imposible. Junto a su madre, yacía un hombre que, cuando espiraba, echaba unos espumarajos sanguinolentos por la nariz y la boca, y una colegiala con traje marinero, a quien tal vez horrorizaba aquella visión o, tal vez, a causa del asco que sentía, lo enjugaba con una toallita mientras lanzaba miradas furtivas a su alrededor; frente a ella, una mujer de mediana edad, completamente desnuda de cintura para abajo, exceptuando el pubis que cubría una gasa, tenía una pierna amputada a la altura de la rodilla; «¡Mamá!», Seita la llamó en voz baja, pero sintió que aquella situación era irreal; ante todo le preocupaba Setsuko y, cuando salió al patio, la encontró con la vecina en el cuadro de arena, bajo la barra fija de gimnasia, «¿La has visto?», «Sí», «Lo siento mucho. Si pudiera hacer algo, no dudes en decírmelo. ¡Ah!, por cierto, ¿ya te han dado los bizcochos?», y como Seita hizo un gesto negativo, la mujer se fue, diciendo: «¡Voy a buscártelos!»; mientras tanto, Setsuko jugaba con una cuchara de helado que había encontrado en la arena. «Este anillo, guárdalo bien en el monedero. ¡No lo pierdas!», lo metió dentro; «Mamá ahora está enferma, pero enseguida se pondrá bien», «¿Dónde está?», «En el hospital, en Nishinomiya. Hoy dormirás conmigo en la escuela y mañana iremos los dos a casa de la tía de Nishinomiya, ¿la conoces, verdad? Vive al lado de

28

un estanque», Setsuko permanecía aún en silencio, haciendo bolas de arena; la vecina volvió con dos bolsas marrones llenas de bizcochos, «A nosotros nos toca una clase del primer piso. Los demás ya están allí, ¿por qué no venís?», pero debió de pensar que, al reunirse con familias cuyos padres estaban sanos y salvos, la pobrecita Setsuko o, incluso antes que ella, el mismo Seita se echaría a llorar, y añadió: «¡Ya vendréis más tarde!»; «¿Quieres comer?», «¡Quiero ir con mamá!», «Mañana iremos. Ahora es demasiado tarde», se sentaron al borde del cuadro de arena, «¡Ya verás qué bueno soy!», Seita se arrojó hacia la barra fija, con un fuerte impulso saltó sobre ella y empezó a girar sin cesar, una y otra vez... en esta misma barra, la mañana en que empezó la guerra, el día ocho de diciembre, Seita, alumno de tercer año de la escuela popular, había conseguido batir un récord al dar cuarenta y seis vueltas seguidas hacia adelante. Al día siguiente, Seita se dispuso a llevar a su madre al hospital y, como no podía llevarla a hombros, decidió al fin alquilar una *jinrikisha*[15] que había cerca de la estación Rokkômichi, que se había salvado del fuego, «¡Va! Monta tú hasta la escuela», y Seita subió por primera vez en su vida a una *jinrikisha*, pero cuando, tras recorrer un camino lleno de ruinas calcinadas, llegaron a la escuela, su madre ya estaba agonizando y ni siquiera pudo moverla; el conductor de la *jinrikisha* re-

---

[15] Carrito tirado por un hombre. *(N. de los T.)*

chazó el importe del viaje con un gesto negativo de la mano y se fue; aquella misma noche, su madre, debilitada hasta la extenuación a causa de las quemaduras, expiró; «¿Podría verle la cara?», ante la petición de Seita, un médico que acababa de quitarse la bata blanca y mostraba ahora un uniforme militar repuso: «Es mejor que no la veas. Es mejor así», la madre estaba inerte, completamente envuelta por los vendajes y, a través de ellos, supuraba la sangre atrayendo a un enjambre de moscas que se arracimaban a su alrededor; el hombre de la hemorragia y la mujer de la pierna amputada también habían muerto; un policía preguntaba algo a los familiares, tomaba quién sabe qué notas y, a continuación, dijo sin dirigirse a nadie en particular: «No hay más remedio que abrir una fosa en el jardín del crematorio de Rokkô e incinerarlos dentro. Tendremos que llevárnoslos hoy mismo en el camión, porque con este calor...», luego saludó militarmente y se fue; sin flores, sin incienso, sin ofrendas de pasteles de arroz, sin la lectura de los sutras, sin nadie que los llorara; una mujer, pariente de uno de ellos, se hacía peinar por una anciana mientras permanecía con los ojos cerrados, otra daba el pecho a un bebé con un seno descubierto y un joven que asía en una mano una edición extraordinaria del periódico de tamaño tabloide, ya arrugada, exclamó con acento emocionado: «¡Fantástico! ¡De trescientos cincuenta aviones que han venido a bombardear, hemos derribado el sesenta por ciento!», Seita, a su vez, calculó que el sesenta por ciento de trescientos cincuenta era doscientos diez, algo que no tenía relación alguna con la muerte de su madre.

Antes de nada, dejó a Setsuko al cuidado de unos parientes lejanos que vivían en Nishinomiya con quienes habían convenido acogerse mutuamente en caso de incendio; la familia se componía de una mujer viuda, un hijo que estudiaba en la Escuela de Marina Mercante y una hija, y alojaban además a un huésped, empleado en las aduanas de Kobe. El siete de junio al mediodía, el cadáver de su madre debía ser incinerado al pie del monte Ichiô; al quitarle las vendas que envolvían sus muñecas para sujetar con alambre la placa de identificación, la piel de la madre, que Seita podía ver al fin, apareció tan ennegrecida que nadie hubiera creído que perteneciera a un ser humano y, en el momento de cargarla sobre una parihuela, multitud de gusanos cayeron rodando rítmicamente al suelo; bajó la mirada, cientos, miles de gusanos se retorcían sobre el pavimento del aula de trabajos manuales, ignorados por quienes los iban aplastando bajo sus pies con gesto impasible mientras sacaban los cadáveres: cuerpos ennegrecidos similares a troncos quemados que envolvían en una estera de paja antes de cargarlos en un camión, o bien cadáveres de muertos por asfixia, por heridas, y aun otros, que iban alineando, sin envolver siquiera, dentro de un autobús desprovisto de asientos.

En una explanada al pie del monte Ichiô, una

fosa de unos diez metros de diámetro donde se amontonaban desordenadamente vigas, pilares de madera y *shôji*[16] de edificios derruidos como medida de seguridad; depositaron los cadáveres sobre aquel montón y los miembros del cuerpo de vigilancia antiaérea fueron vaciando en la fosa cubos de petróleo con ademanes que recordaban los ejercicios de entrenamiento de extinción de incendios; luego encendieron un trapo y, al arrojarlo dentro, se levantó una humareda negra y el fuego empezó a arder; los cadáveres, envueltos en llamas, que caían rodando eran prendidos con un gancho de palo largo y devueltos a la hoguera; a su lado, sobre una mesa cubierta por una tela blanca, se alineaban a centenares cajas de madera de apariencia miserable: era en ellas donde más tarde depositarían los huesos.

Alejaron a los parientes, diciendo que entorpecían el trabajo y, durante la noche que siguió a aquella incineración que no había oficiado siquiera el monje más mísero, repartieron los huesos metidos en las cajas de madera, donde figuraba el nombre del difunto escrito con carboncillo, como si, ¡qué gran utilidad la de la placa de identificación!, dieran a cada cual su parte en la cola del racionamiento. Pese al humo negro que se había alzado de la hoguera, los huesos eran inmaculadamente blancos.

[16] Puerta corredera enrejada con papel. *(N. de los T.)*

Ya era plena noche cuando Seita llegó, al fin, a la casa de Nishinomiya, «¿Mamá todavía está malita?», «Se ha herido en el bombardeo», «¿Y el anillo, ya no se lo pondrá más? ¿Me lo ha dado a mí?» Seita escondió la caja con los huesos dentro de un pequeño armario empotrado que había encima de una estantería y, por un momento, imaginó el anillo ciñendo aquellos huesos blancos; horrorizado, alejó enseguida esta visión de su pensamiento, «Este anillo es muy valioso, guárdalo», le dijo a Setsuko que estaba sentada sobre un colchón, jugando con las fichas de *ohajiki* y con el anillo. Seita no lo sabía, pero su madre, como medida de seguridad, había enviado a casa de los parientes de Nishinomiya quimonos, ropa de cama y mosquiteras; la viuda, señalando los paquetes envueltos en unos *furoshiki* de estampado arabesco que se amontonaban en un rincón del pasillo, dijo en un tono dulzón que ocultaba a duras penas la envidia: «¡Qué suerte pertenecer a la armada, ¿no? Todo te lo llevan en camión!»; al abrir una canasta de mimbre, aparecieron la ropa interior de Seita y de Setsuko y los quimonos de uso diario de la madre; dentro de un baúl para guardar vestidos occidentales había quimonos de paseo de largas mangas; el olor a naftalina que los impregnaba le hizo sentir nostalgia.

Les asignaron una habitación de tres *tatami* al lado del recibidor; como tenían cédula de damnificados, les correspondía una ración especial de arroz, latas de salmón, carne de ternera y legumbres cocidas; además, cuando excavó entre escombros y cenizas ya frías el lugar que supuso correcto dentro de un perímetro de dimensiones tan reducidas que lo sorprendió: «¿Aquí vivíamos todos nosotros!», encontró en perfecto estado los víveres que había guardado en el brasero de cerámica Seto; alquiló una carreta e invirtió todo un día en transportarlos, cruzando los cuatros ríos: Ishiya, Sumiyoshi, Ashiya y Shukugawa, hasta dejar apilada toda aquella comida en el recibidor; con todo, la viuda siguió con sus reproches: «¡Vaya vida de lujo se dan las familias de los militares!», mientras iba, con aire satisfecho, repartiendo orgullosamente entre los vecinos unas ciruelas conservadas en sal que no le pertenecían; había restricciones en el suministro de agua y contar con un joven fuerte como Seita para acarrearla desde un pozo que estaba a trescientos metros de la casa representaría una gran ayuda; la hija, alumna de cuarto año de la escuela superior femenina movilizada en la fábrica de aviones Nakajima, incluso cuidó por unos días de Setsuko durante su permiso.

En el pozo, una mujer de la vecindad cuyo marido estaba en el frente y un estudiante de la universidad de Dôshisha, que paseaba con el torso desnudo y con una gorra en la cabeza, tenían la osadía de aparecer cogidos de la mano, convirtiéndose, así, en la comidilla del vecindario; no se hablaba menos de Seita y de Setsuko, aquellos pobres niños, hijos de un teniente de la armada, que habían perdido a su madre en un bombardeo y a quienes todo el mundo compadecía después de que la viuda pregonara interesadamente su historia por todo el barrio.

Al anochecer, las ranas croaban en un depósito de agua cercano y, a ambos lados de la caudalosa corriente que venía fluyendo desde el depósito a través de la hierba espesa, las luciérnagas titilaban posadas una sobre cada hoja; al alargar la mano hacia ellas, su luz se veía parpadear entre los dedos, «¡Mira, cógela!», depositaba una sobre la palma de la mano de Setsuko, pero ésta la cerraba con todas sus fuerzas y aplastaba la luciérnaga en un instante: en la palma de su mano quedaba un penetrante olor acre, arropados en la negra placidez de las tinieblas de junio, porque en Nishinomiya, al pie de la montaña, los ataques aéreos se sentían todavía como algo ajeno.

Envió una carta a la base naval de Kure dirigida a su padre a la que nadie respondió, luego fue a comprobar cuánto dinero tenían en la agencia Rokkô del banco de Kobe y en la agencia Motomachi del Sumitomo, bancos que recordaba muy bien porque un día, de regreso, había importunado a su madre para que le comprara ya no sabía qué; anunció a la viuda que en la cuenta había unos siete mil yenes y ella se henchió de orgullo, «¡Pues a mí, cuando murió mi marido, me dieron setenta mil yenes de gratificación del retiro!», y añadió, presumiendo ahora de su hijo: «Yukihiko estaba sólo en tercer año de bachillerato, pero saludó con tanta corrección al presidente de la compañía, que lo felicitó y todo. ¡Mi hijo vale mucho!», eran palabras llenas de sobreentendidos, dirigidas a Seita, quien no podía evitar dormirse por las mañanas, ya que tenía dificultades en conciliar el sueño y se despertaba por las noches gritando de terror; en menos de diez días, las ciruelas del tarro, los huevos en polvo y la mantequilla se habían agotado, las raciones especiales para damnificados también habían desaparecido y, de sus dos raciones de tres *shaku* de arroz, la mitad se convirtió en soja, cebada y maíz; la viuda temía que aquellos dos niños en pleno crecimiento acabaran comiéndose incluso su ración y, poco después, al servir las gachas de arroz aguado con legumbres que tomaban tres veces al día, hundía pesadamente el cazo hasta el fondo de la olla y daba el arroz a su hija, mientras a Seita y a Setsuko les llenaba el tazón de caldo y legumbres; debía remorderle la conciencia de vez en cuando porque solía decir: «Como la niña está trabajando para la patria, debe comer bien para tener fuerzas», sin embargo, en la cocina, se la oía rascar sin descanso la olla con el cazo para desprender el arroz que se había adherido al fondo, el arroz más suculento, aromático y pastoso, sin duda alguna; al imaginar a la viuda devorándolo con fruición, Seita, más que enfadarse, sentía cómo se le hacía la boca agua. El huésped que trabajaba en aduanas conocía todos los recovecos del mercado negro y solía regalarle a la viuda latas de carne de ternera, almíbar y salmón para ganarse su favor, porque le gustaba mucho la hija.

«¿Vamos a la playa?», un día despejado de la estación de las lluvias, Seita, preocupado por el terrible sarpullido que cubría la piel de Setsuko, pensó que las manchas desaparecerían si las frotaba con agua salada; era difícil adivinar qué razonamientos habría seguido la mente infantil de Setsuko para explicarse la desaparición de su madre, pero lo cierto era que apenas preguntaba por ella y que había pasado a depositar toda su confianza en su hermano mayor, «¡Oh, sí! ¡Qué bien!»; hasta el verano pasado, su madre alquilaba una casa en Suma donde solían pasar todo el verano: Seita dejaba a Setsuko sentada en la arena e iba y venía nadando desde la orilla hasta las boyas de vidrio de las redes de los pescadores que flotaban mar adentro; en la playa había un puestecillo que, pese a ser un sencillo merendero, servía un *sake* dulce con sabor a jengibre y ellos dos lo bebían soplando; de regreso les esperaba el *hattaiko*[17] que había hecho su madre: Setsuko se lo embutía en la boca y, al atragantarse, su cara acababa embadurnada, toda, de *hattaiko*... «¿Lo recuerdas Setsuko?», tenía ya estas palabras en los labios, pero se dijo que era mejor no despertar los recuerdos de la niña hablando sin ton ni son.

Se dirigieron a la playa bordeando el riachuelo; en el camino asfaltado que corría en línea recta, había detenidas unas carretas de tiro donde iban car-

[17] Cascarilla de arroz y trigo tostada y molida. Se come disolviendo este polvo en agua y azúcar. (*N. de los T.*)

gando diversos fardos que sacaban de las casas; un joven rechoncho, con gafas y una gorra de la Escuela Primera de Bachillerato de Kobe, llevaba entre los brazos un montón de libros muy voluminosos y los depositó en la carreta mientras el caballo sacudía la cola con apatía; tras girar a la derecha, desembocaron en el dique del río Shukugawa; a medio camino, estaba la cafetería Pabonii donde servían agar-agar con sabor a sacarina y allí solían detenerse a tomar uno; la pastelería Yûhaimu de Sannomiya que había permanecido abierta hasta el final; medio año antes, con motivo del cierre de la tienda, habían hecho una hornada de tartas montadas y su madre había comprado una; el dueño de la pastelería era judío, por cierto, como lo era también aquella multitud de refugiados que el año quince de *Shôwa*[18] llegó a la mansión de ladrillo rojo que se encontraba cerca de Shinohara, donde Seita estudiaba matemáticas: aunque eran jóvenes, todos llevaban barba, a las cuatro de la tarde se dirigían en fila india al baño público y, pese al calor del verano, se cubrían con un grueso abrigo; había uno que calzaba los dos zapatos del pie izquierdo y andaba cojeando, ¿qué habrá sido de ellos?, ¿los habrán obligado a trabajar en una fábrica, como es de suponer tratándose de prisioneros? Los prisioneros trabajan duramente; así lo dicen: en cuanto a esfuerzo, éstos se sitúan en primer lugar; en segundo, los estudian-

[18] Año 1940. (*N. de los T.*)

tes; en tercero, los movilizados y, en cuarto lugar, los obreros de verdad; éstos suelen hacer tabaqueras metálicas con duraluminio, reglas con resina sintética y cosas por el estilo; con gente como ésa, ¿cómo diablos se va a ganar una guerra? El dique del río Shukugawa se había convertido en una huerta donde se abrían las flores de la calabaza y del pepino; en la zona que se extendía hasta la carretera nacional no se veía ni un alma y, dentro del bosquecillo que la bordeaba, unos aviones de tamaño mediano, de reserva para la lucha final en territorio japonés, permanecían en silencio, cubiertos por una exigua red de camuflaje que no era más que una simple excusa. En la playa, niños y ancianos llenaban botellas de un *shô*[19] con agua de mar, «Setsuko, desnúdate», Seita empapó una toallita de agua, «Puede que esté un poco fría», y frotó repetidas veces las zonas de aquella piel tersa, ya de mujercita, donde se multiplicaban las manchas rojas, en los hombros y en los muslos; el baño en Manchitani: iban a tomarlo a casa de unos vecinos que vivían dos casas más allá; eran siempre los últimos en entrar y, al bañarse envueltos en las tinieblas de las restricciones de luz, Seita jamás tenía la sensación de haberse lavado; el cuerpo desnudo de Setsuko, que veía de nuevo, era blanco como el de su padre; «¡Mira! ¿Qué le pasa a aquel hombre? ¿Está dur-

[19] Unidad de volumen que equivale a 1,8 litros. *(N. de los T.)*

miendo?», al lado del dique de protección había un cadáver cubierto con una estera de paja bajo la que asomaban unas piernas desmesuradamente grandes en comparación al cuerpo, «¡Déjalo! ¡Es mejor que no lo mires! Oye, en cuanto haga un poco más de calor, podremos nadar. Yo te enseñaré», «¡Si nadamos, tendremos aún más hambre!», también Seita se veía acuciado, en los últimos tiempos, por una insoportable sensación de hambre, hasta el punto de que, cuando se sacaba alguna espinilla caprichosa que le había aparecido en el rostro, se metía inconscientemente aquella grasa blanca en la boca; le quedaba algún dinero, pero carecía de experiencia en la compra clandestina, «¿Por qué no intentamos pescar algún pez?», pensó que no debería ser difícil atrapar un *bera*, o quizá un *tenkochi*;[20] como último recurso, decidieron buscar algas, pero sólo había algunos sargazos podridos flotando al vaivén de las olas.

Cuando se anunció el estado de alerta, decidieron volver a casa y, al pasar por delante del hospital Kansei, de súbito oyeron resonar la voz de una joven: «¡Eh, mamá!», una enfermera se arrojó a los brazos de una mujer de mediana edad que llevaba una bolsa al hombro, su madre recién llegada del campo, sin duda; Seita, embobado, contempló la escena medio con envidia, medio con fascinación,

---

[20] Peces de pequeño tamaño que se encuentran en aguas cálidas y poco profundas, especialmente entre las rocas. *(N. de los T.)*

pensando: «¡Qué expresión tan bonita tiene esta enfermera!»; «¡Evacuación!», Seita dirigió maquinalmente la mirada hacia el mar: unos B-29 sobrevolaban las aguas profundas de la bahía de Osaka en vuelo rasante arrojando minas; debían haberse agotado ya todos los objetivos a incendiar, porque en los últimos días los bombardeos a gran escala se habían ido alejando cada vez más.

«Los quimonos de tu madre, me sabe mal decírtelo, pero ya no sirven para nada, ¿qué te parece si los cambiamos por arroz? Ya hace tiempo que yo voy intercambiando esto y lo otro para poder completar lo que nos hace falta», la viuda añadió que su madre se hubiera alegrado por ello; sin esperar siquiera una respuesta, abrió el baúl de vestidos occidentales y, con mano experta, que delataba las repetidas veces que debía haber registrado el contenido del baúl mientras ellos estaban ausentes, sacó dos o tres quimonos y los puso encima del tatami, «Con eso creo que podremos conseguir un *to*[21] de arroz. Tú también tienes que alimentarte bien, Seita, tienes que ponerte fuerte para cuando seas soldado.»

Eran los quimonos que llevaba su madre cuando era joven; Seita recordó el día en que la asociación de padres había asistido a su clase, el orgullo con que había contemplado a su madre tras comprobar, al volverse, que era la más hermosa; recordó también las visitas que hacían a su padre en Kure: en es-

---

[21] Unidad de volumen que equivale a 18 litros. *(N. de los T.)*

41

tas ocasiones, su madre aparecía inesperadamente con un atuendo mucho más juvenil y, en el tren, él no hacía más que acariciarla contento... Pero, ahora, ¡un *to* de arroz!; Seita, con sólo oir estas palabras, «un *to*», se estremeció de alegría, ya que las inciertas raciones de arroz que les correspondían a él y a Setsuko no llenaban siquiera medio cestillo de bambú y, además, con esta cantidad tenían que subsistir cinco días.

En los alrededores de Manchitani vivían muchos campesinos y la viuda no tardó en regresar con un saco de arroz: llenó hasta los bordes el tarro de Seita, el mismo que había contenido las ciruelas, y vació el resto en un cofre de madera para uso de su familia; durante dos o tres días comieron arroz hasta la saciedad, pero enseguida volvieron a las gachas y, cuando se dejaron oír las protestas de Seita, «Tú ya eres mayor y tienes que pensar en cooperar con los demás. Tú no ofreces ni siquiera un puñado de arroz y, ¿dices que quieres comerlo? ¡Esto no puede ser de ninguna manera! ¡No tienes ninguna razón!»; con razón o sin ella, gracias a los quimonos de la madre, la viuda había conseguido el arroz con que preparaba, ufana, la comida que su hija llevaba al trabajo y las bolas de arroz para el huésped, mientras el almuerzo de Seita y Setsuko consistía en una mezcla de soja desgrasada que la niña, aún con el sabor del arroz en los labios, se negaba a comer; «Diga usted lo que diga, ¡el arroz era nuestro!», «¿Quieres decir con eso que os engaño? ¡Vas demasiado lejos!

¡Acojo a dos huérfanos y encima tengo que oír eso! ¡Muy bien! A partir de ahora, haremos la comida aparte. Así no habrá quejas, ¿no? Además, Seita, tú tienes parientes en Tokyo, ¿verdad? En casa de la familia de tu madre, hay un tal no sé qué, ¿por qué no le escribes? En cualquier momento bombardearán Nishinomiya», la viuda no llegó a ordenarles que se marcharan enseguida, pero soltó a gusto todo lo que tenía en mente, y lo cierto es que también ella tenía sus razones: los dos huérfanos se habían instalado en su casa sin intención aparente de marcharse cuando ella no era más que la esposa de un primo de su padre; tenían parientes más cercanos en Kobe, pero todos habían perdido su casa entre las llamas y no sabían cómo encontrarlos. En una tienda de utensilios domésticos, Seita compró una cuchara hecha con una concha a la que habían aplicado un mango, una cazuela de barro, una salsera de soja y, además, regaló a Setsuko un peine de boj que valía diez yenes; mañana y noche, pedía prestado un hornillo, cocía arroz y, de acompañamiento, preparaba tallos de calabaza hervidos, caracoles del estanque en salsa de soja o calamares secos puestos en remojo y cocidos, «No hace falta que te sientes tan correctamente», al tomar asiento frente a aquella pobre comida depositada, sin bandeja, directamente sobre el tatami, Setsuko lo hizo con mucha formalidad, tal como le habían enseñado, y después de la comida, cuando Seita se tumbó en el suelo con aire negligente, ella le advirtió: «¡Te convertirás en

43

una vaca!» Utilizando la cocina por separado se sentían más cómodos, pero él no podía dar abasto a todos los quehaceres y, pronto, al pasar el peine de boj por el pelo de Setsuko, era difícil adivinar dónde los habría cogido, pero caían rodando de su cabellera piojos y liendres, y si tendía la ropa sin tomar precauciones, «¡Quieres que nos vean los aviones del enemigo o qué!», la viuda tenía palabras de reproche incluso sobre la colada; los esfuerzos de Seita no impedían que la suciedad fuera cada vez más ostensible; para empezar, les prohibieron bañarse en casa de los vecinos y, cuando finalmente los dejaron entrar, una vez cada tres días, en el baño público, fue a condición de que llevaran el combustible para calentar el agua, una tarea ardua y pesada que daba pereza; Seita se pasaba el día tumbado, leyendo las revistas femeninas a las que había estado suscrita su madre y que él compraba en la librería de viejo de delante de la estación de Shukugawa y, cuando sonaba la alarma de bombardeo, si la radio anunciaba la llegada de una gran formación de aviones, se negaba a ir al refugio ordinario, cogía a Setsuko y se metía en una cueva profunda que había detrás del estanque, cosa muy mal vista por los vecinos del barrio, quienes, encabezados por la viuda, estaban ya hartos de los dos huérfanos y decían que un joven de su edad debería ser núcleo de las actividades civiles de extinción de incendios, pero Seita, tras haber vivido en su propia piel el estrépito de las bombas estrellándose contra el suelo y la velocidad de las llamas, si hubieran sido uno o dos aviones aún lo habría hecho, pero tratándose de toda una formación, ¡ni pensarlo!

El seis de julio, bajo las últimas lluvias de la época de los monzones, los B-29 bombardearon Akashi; desde la cueva, Seita y Setsuko contemplaban distraídamente las ondas concéntricas que las gotas de lluvia torrencial dibujaban en la superficie del estanque; Setsuko abrazaba la muñeca, que no abandonaba fuera adonde fuese, «¡Quiero volver a casa. No quiero vivir más con la tía!», lo dijo lloriqueando, aunque no se había quejado nunca hasta aquel momento, «Nuestra casa se ha quemado, ya no tenemos casa», sin embargo, no podrían estar ya en casa de la viuda mucho más tiempo: una noche en que Setsuko, dormida, estuvo llorando de miedo, la viuda apareció de repente como si hubiera estado aguardando la ocasión, «¡Mi hija y mi hijo están trabajando para la patria, así que tú, por lo menos, podrías hacer algo para que dejara de llorar, como mínimo, vamos¡ ¡Con este escándalo no hay quien duerma!», y cerró la puerta corredera con una violencia que hizo sollozar a la niña con más fuerza; Seita la sacó a las tinieblas de la calle, entre las luciérnagas eternas; por un instante pensó: «Si al menos no estuviera Setsuko...», pero el cuerpecillo de la pequeña, que había vuelto a dormirse apoyada en su espalda, parecía, extrañamente, mucho más liviano, su frente y sus brazos estaban llenos de picaduras de mosquito que, cuando se rascaba, supuraban pus. Aprovechando que la viuda acababa de salir, levantaron la tapa del viejo armonio de la hija: «he-to-i-ro-ha-ro-i-ro-to-ro-i, he-to-i-ro-i-ho-ni»; cuando las escuelas pasaron a llamarse «populares», el «do-re-mi-» se convirtió en «ha-ni-ho-he-to-i-ro-ha»; recordaba haber tecleado con inseguridad la melodía del *Koi-nobori,*[22] la primera canción que aprendió tras aquel cambio y, al tararearla con Setsuko: «¡Dejad de cantar! ¡Estamos en guerra y voy a ser yo quien sufra las consecuencias! ¡Qué falta de sentido común!», gritó, enfadada, la viuda, que había regresado inadvertidamente, «¡Con vosotros, ha caído una calamidad sobre esta casa! En los bombardeos, no sirves para nada. Si te preocupa tanto tu vida, ¿por qué no vives siempre en la cueva?»

«Ésta será nuestra casa. A esta cueva no vendrá nadie y tú y yo podremos vivir como queramos.» La cueva tenía forma de *U*, y los soportes que la apuntalaban eran gruesos, «Compraremos paja a los campesinos y la extenderemos por el suelo, y si aquí colgamos el mosquitero, no estará tan mal», Seita se sentía movido, a medias, por un impulso a la aventura muy propio de su edad y, cuando hubo pasado el estado de alarma, empezó a recoger sus cosas en silencio,

---

[22] Carpa de tela. Las carpas simbolizan la fuerza ya que remontan la corriente. El día 5 de mayo, festividad de los niños varones, se alzan, ensartadas en un palo largo, una carpa negra y una roja, que simbolizan al padre y a la madre, y otra pequeña que representa al hijo, con la finalidad de que los niños crezcan fuertes y sanos. *(N. de los T.)*

«Gracias por habernos tenido en casa tanto tiempo. Nosotros nos vamos», «¿Que os vais? ¿A dónde?», «Todavía no lo hemos decidido», «Bueno, ¡cuidaos entonces! ¡Adiós, Setchan!», y con una sonrisa forzada, la viuda desapareció en el interior de la casa.

A duras penas logró arrastrar hasta la cueva la canasta de mimbre para guardar ropa, el mosquitero, los utensilios de cocina y, además, el baúl de ropa occidental y la caja con los huesos de su madre; «¿Aquí vamos a vivir?», pensándolo bien, era una cueva normal y corriente, y Seita empezó a sentirse desanimado, pero en la primera granja adonde se dirigió, al azar, le dieron paja e incluso le vendieron algunos nabos; además, Setsuko estaba entusiasmada, «¡Esto es la cocina; y aquí está el recibidor!», se detuvo un instante con aire dubitativo, «¿Y dónde pondremos el lavabo?», «¡No importa!, en cualquier sitio va bien. Ya te acompañaré yo», Setsuko se sentó con delicadeza encima de un montón de paja; su padre había dicho una vez: «Esta niña, cuando crezca, va a ser hermosa y distinguida», al preguntarle Seita el significado de la palabra *distinguida*, que no entendía, su padre aventuró: «Pues, vendría a ser algo así como *elegante*, supongo», y, en efecto, Setsuko era una belleza elegante y digna de compasión.

Estaban acostumbrados a la oscuridad de las restricciones de luz, pero, sumergido en las tinieblas de la noche, el interior de la cueva parecía realmente pintado de negro; una vez se metían dentro del mosquitero colgado de los puntales, no podían confiar en otro punto de referencia que en el zumbido incesante de los mosquitos que pululaban en el exterior, los dos se arrimaron instintivamente el uno al otro y, al abrazar con el bajo vientre las piernas desnudas de Setsuko, Seita sintió una excitación que le producía un dolor sordo, la abrazó con más fuerza: «¡Seita, me haces daño!», dijo Setsuko llena de pánico.

«¿Paseamos?», como no podían conciliar el sueño, salieron al exterior e hicieron pipí los dos juntos; sobre sus cabezas unos aviones japoneses se dirigían hacia el oeste haciendo parpadear las luces de señales, azules y rojas, «¡Mira, las unidades especiales de ataque!»,[23] «¡Ah!», Setsuko asintió con la cabeza sin comprender lo que querían decir aquellas palabras, «Parecen luciérnagas», «Sí, es verdad», si cogieran luciérnagas y las metieran dentro del mosquitero, ¿no darían, tal vez, un poco de luz? Y de este modo, y no es que pretendieran imitar a Shain,[24] fueron atrapando todas las luciérnagas que se pusieron a su alcance, una tras otra, y cuando las soltaron dentro del mosquitero, cinco o seis emprendieron el vuelo con suavidad, mientras las otras se posaban en la tela... ¡Oh!, ¡ya eran cien las luciérnagas que volaban ahora por el interior del mosquitero!; seguían sin poder distinguirse las faccio-

[23] Se trata de los *kamikaze*. (*N. de los T.*)
[24] Se refiere a Che Yin, un hombre de letras del siglo IV, quien, según la leyenda, estudiaba por las noches a la luz de las luciérnagas. (*N. de los T.*)

nes el uno al otro, pero el vuelo de las luciérnagas les daba una sensación de serenidad y sus ojos se cerraron mientras iban siguiendo aquellos movimientos suaves; las luces de las luciérnagas, en hilera: la revista naval del emperador a las Fuerzas de la Armada en octubre del año diez de *Shôwa*;[25] ornaron la ladera del monte Rokkô con una gran luminaria en forma de nave; desde la cima, la flota y los portaaviones anclados en la bahía de Osaka parecían palos flotando sobre las aguas, los toldos blancos se extendían desde la proa; su padre formaba parte de la tripulación de la fragata Maya y Seita la buscó desesperadamente, pero el puente cortado en vertical, parecido a un barranco, característico de la fragata Maya, no se veía por ninguna parte; ¡oh!, ¿era la banda de la Universidad de Comercio?, entrecortadamente, sonaba el himno de la Marina: «¡Si hay que defenderse, o también que atacar, en el flotante acero debemos confiar!», «¿Dónde estará haciendo la guerra papá?», su fotografía, manchada del sudor de Seita... ¡Ataque de aviones enemigos!, ¡ta-ta-ta-ta-ta!, imaginó que las luces de las luciérnagas eran proyectiles del enemigo, ¡sí!, en el bombardeo de la noche del diecisiete de marzo, ¡fuua! ¡fuua!, los proyectiles de las baterías antiaéreas se elevaban zigzagueantes, como luciérnagas, para ser engullidos por el cielo, ¿podrían dar realmente en el blanco, con aquellas máquinas?

[25] Año 1935. (*N. de los T.*)

Por la mañana, habían muerto la mitad de las luciérnagas y Setsuko las enterró a la entrada del refugio, «¿Qué estás haciendo?», «La tumba de las luciérnagas», y, sin levantar la mirada del suelo, «A mamá también la han metido en una tumba, ¿verdad?», mientras Seita vacilaba sobre qué debía responder, «Me lo dijo la tía, me dijo que mamá había muerto y que estaba en una tumba», y a Seita, por primera vez, se le anegaron los ojos en lágrimas, «Algún día iremos a visitar la tumba de mamá. Setsuko, ¿no te acuerdas del cementerio de Kasugano, el que está cerca de Nunobiki? Mamá está allí.» Debajo de un alcanforero, en una tumba pequeña: Sí, hasta que no pongamos sus huesos allí, mamá no podrá descansar en paz.

Cambiaba los quimonos de su madre por arroz en las granjas; la gente del vecindario lo veía cuando iba al pozo y, por eso, todos adivinaron enseguida que vivían los dos en la cueva, pero nadie apareció por allí; Seita recogía ramas para cocer el arroz, si no le alcanzaba la sal, cogía agua de mar; algún P-15 los tiroteaba de vez en cuando en el camino, pero pasaron unos días apacibles, con las luciérnagas velando sus noches, se habían habituado ya a vivir en la cueva, aunque a Seita le salió un eczema entre los dedos de las dos manos y Setsuko se iba debilitando cada vez más.

Por la noche se sumergían en las aguas del estanque; Seita buscaba caracoles mientras bañaba a Setsuko; los omoplatos y las costillas de la niña cada día sobresalían más: «Tienes que comer mucho, Setsuko», miró fijamente el lugar donde croaban las ranas y pensó en la posibilidad de atrapar alguna, pero era imposible; aunque dijera que tenía que comer más, los quimonos de la madre se habían acabado, un huevo costaba tres yenes; un *shô* de aceite, cien; cien *momme* [26] de carne de ternera, veinte yenes; un *shô* de arroz, veinticinco yenes: los precios del mercado negro, si no se conocía bien, eran inalcanzables. Viviendo tan cerca de la ciudad, los campesinos no pecaban de candidez y se negaban a vender el arroz a cambio de dinero; pronto volvieron a las gachas de soja y, a finales de julio, Setsuko cogió la sarna, además de estar infestada de pulgas y piojos que, pese a los esfuerzos de Seita para acabar con ellos, reaparecían a la mañana siguiente pululando por las costuras del vestido de la niña; cuando Seita pensaba que la gotita roja de sangre de los piojos grises pertenecía a Setsuko, se enfadaba tanto que los torturaba arrancándoles, una a una, sus minúsculas patitas, pero era en vano; llegó a preguntarse si podrían comerse también las luciérnagas y, pronto, Setsuko debió sentirse ya sin fuerzas, porque, sólo proponerle ir a la playa, decía: «Te espero aquí», y permanecía acostada en el suelo abrazando la muñeca; Seita, cada vez que salía, robaba de los huertos tomates verdes y pepinos pequeños como un dedo meñique

---

[26] Unidad de peso. Un *momme* equivale a 3.75 gramos aproximadamente. *(N. de los T.)*

que hacía comer a Setsuko; una vez vio a un niño de unos cinco o seis años que mordisqueaba una manzana como si fuera un tesoro: se la arrancó de la mano y regresó corriendo, «¡Setsuko, una manzana! ¡Cómetela!», a la niña, como era de esperar, se le iluminaron los ojos, pero al hincarle los dientes, dijo enseguida: «¡No, no es una manzana!», y cuando Seita la mordió, vio que era un trozo crudo de batata pelada; Setsuko, decepcionada, con la miel en los labios, empezó a llorar, «¡Aunque sea un trozo de batata, no importa! ¡Cómetela enseguida! ¡Si no te la comes tú, me la comeré yo!», Seita habló con severidad, pero había lágrimas en su voz.

¿Qué había pasado con el racionamiento? De vez en cuando le daban sal gema, cerillas y arroz, pero por no pertenecer a una asociación de vecinos, no tenía acceso a los artículos de racionamiento que anunciaban esporádicamente en el periódico; Seita, al caer la noche, no sólo robaba en los pequeños huertos de delante de las casas, sino que cogía batatas de los campos, arrancaba caña de azúcar y hacía beber el líquido a Setsuko.

La noche del treinta y uno de julio sonó la alarma antiaérea mientras estaba robando en un campo; siguió arrancando batatas, ignorándola, pero unos campesinos que se habían cobijado en una zanja que se encontraba en las inmediaciones lo descubrieron y lo apalearon; cuando la alarma hubo cesado, lo arrastraron hasta la cueva donde enfocaron con una linterna las hojas de batata que guardaba para hervir: una prueba irrefutable, «¡Perdón! ¡Perdón!», delante de la aterrorizada Setsuko, pidió perdón de rodillas, pero no se conmovieron, «Mi hermana está enferma, si no estoy yo, morirá», «¿Qué estás diciendo? ¡En tiempos de guerra, robar en los campos es un delito muy grave!», le echaron la zancadilla, lo tiraron al suelo y lo agarraron por la nuca, «¡Vamos! ¡Andando! ¡Te meteremos entre rejas!»; sin embargo, una vez en comisaría, el policía no se inmutó: «Dicen que el bombardeo de esta noche ha sido en Fukui», calmó a los indignados campesinos, sermoneó a Seita y lo dejó ir enseguida; salió a la calle, era imposible adivinar cómo habría podido llegar, pero allí estaba aguardando Setsuko. Volvieron al refugio y, como Seita seguía sollozando, Setsuko le acarició la espalda, «¿Dónde te duele? Te encuentras muy mal, ¿verdad? Tendremos que llamar al doctor para que te ponga una inyección», dijo en tono maternal.

A principios de agosto, las escuadrillas procedentes de los portaaviones bombardeaban a diario; Seita aguardaba a que sonara la alarma antiaérea para salir de rapiña; esperaba a que todos se agazaparan en los refugios, aterrados ante la visión de aquellas luces que centelleaban a lo lejos en el cielo de verano y que se transformaban, de súbito, en ráfagas de metralla que se precipitaba sobre sus cabezas; entraba a hurtadillas en las cocinas por las puertas abiertas de par en par y cogía todo lo que encontraba; la noche del cinco de agosto ardió el centro de la ciudad de Nishinomiya y, por primera vez, temblaron de terror los habitantes de Manchitani, aquellos que se creían libres de todo peligro, pero, para Seita, representó una fuente de ganancias: bajo el estruendo entrecruzado de diferentes tipos de bombas, entró furtivamente en un barrio donde no había ni un alma, parecido a aquellos que había visto el cinco de junio, y cogió todo lo que encontró: quimonos para cambiar por arroz, mochilas abandonadas y, lo que no podía acarrear con una mano, mientras, a su paso, apartaba las chispas de fuego con la otra, lo escondió bajo las losas de piedra de las cloacas; ¡Una oleada de gente en busca de refugio se abalanzaba sobre él! Seita se puso en cuclillas para evitar aquella vorágine y, cuando levantó la mirada hacia el cielo de la noche, los B-29 volaban hacia la montaña y giraban de nuevo hacia el mar, rozando a su paso el humo de los fuegos; Seita, que había perdido ya el pánico, sintió incluso el impulso de ponerse a dar brincos, mientras agitaba los brazos en el aire, gritando ¡yuhuuu!

Aunque hurtaba aprovechando la confusión del momento, cuidaba en elegir los quimonos más llamativos, que pudiera cambiar con provecho, aquellos de largas mangas, tejidos de colores tan brillantes que dejaban sin aliento; se los embutía debajo de la camisa y del pantalón y, mientras andaba, se iba sosteniendo aquel vientre hinchado como el de una rana; intercambiaba los quimonos en las granjas, pero, como había indicios de que la cosecha sería mala, los campesinos pronto se negaron a desprenderse del arroz; Seita temía, como es lógico, a la gente de los alrededores y, en su búsqueda, se desplazaba hasta Nikawa y Nishinomiya-kitaguchi, donde recorría, de punta a punta, unos arrozales que mostraban los enormes boquetes de las bombas, pero lo máximo que conseguía eran tomates, alubias y brotes verdes de soja.

Setsuko sufría de diarrea crónica, la parte derecha de su cuerpo estaba tan pálida que transparentaba; la izquierda estaba cubierta por las llagas de la sarna y, cuando la lavaba con agua de mar, le escocía tanto que no hacía más que llorar. Visitaron un médico, delante de la estación de Shukugawa: «Tiene que tomar alimentos nutritivos», se limitó a auscultarle el pecho, como simple formulismo, sin darle siquiera una medicina; alimentos nutritivos como el pescado blanco, la yema de huevo, la mantequilla o el chocolate de Shangai que le enviaba su padre y que encontraba en el buzón al volver de la escuela, o las manzanas cuyo zumo tomaba al menor síntoma de indigestión, después de rallarlas y tamizarlas con una gasa; le parecía que todo aquello pertenecía a una época muy lejana, pero hasta dos años atrás lo habían tenido todo, ¡no!, incluso dos meses antes su madre cocía melocotón en almíbar, abría latas de cangrejo, y él se negaba a tomar *yôkan*[27] diciendo que no le gustaban las cosas dulces; la comida con

---

[27] Pasta de judías endulzadas. *(N. de los T.)*

arroz importado de China del día de la Gran Asia que tiró diciendo que olía mal; aquella comida vegetariana, poco apetitosa, del templo Manpuku del monte Oobaku; las bolas de harina con las que se atragantó, al comerlas por primera vez, ¡ahora parecían un sueño!

Setsuko ya ni siquiera tenía fuerzas para sostener la muñeca que había llevado siempre consigo, abrazada, y que balanceaba la cabeza a cada paso de su dueña, ¡no!, ¡peor aún!, los brazos y las piernas ennegrecidos por la mugre de la muñeca eran más carnosos que los de Setsuko; Seita se sentó en el dique del río Shukugawa; a su lado, un hombre que acarreaba hielo en el remolque de su bicicleta lo iba cortando con una sierra; Seita fue recogiendo aquel polvo de hielo y lo metió entre los labios de Setsuko. «Tengo hambre», «Sí, yo también», «¿Qué quieres comer?», «*Tempura, sashimi...*[28] agar-agar», tiempo atrás, tenían un perro llamado «Beru», y Seita, que odiaba el tempura, lo guardaba a escondidas y se lo arrojaba al perro, «¿Nada más? Di lo que te gustaría comer, aunque sea sólo eso, es bueno recordar el sabor de estas comidas, ¿verdad?», el *uosuki*[29] de Maruman, en Dôtonbori, que tomaban al regresar del

[28] Lonjas de carne cruda de pescado. (*N. de los T.*)
[29] Plato que consiste en pescado y verduras cocidas. Suele cocinarse, como el *sukiyaki*, en la mesa con un hornillo y se moja el pescado y las verduras en huevo crudo antes de comerlos. (*N. de los T.*)

teatro: tocaba a un huevo por cabeza, pero su madre ofrecía el suyo a Seita; la comida china del mercado negro de Nankin-machi adonde fue con su padre; y cuando, ante los hilos pegajosos de batata cocida azucarada, Seita dijo: «¿No estará podrido?», se rieron de él; los caramelos negros de las bolsas que preparaban para los soldados, de donde hurtaba uno; también había robado, a menudo, la leche en polvo de Setsuko; y canela, en los puestos de golosinas; los pasteles y la limonada de las excursiones; una vez había compartido su manzana con un niño pobre que no llevaba más que caramelos... «¡Sí! ¡Tengo que alimentar bien a Setsuko!», sentía una terrible inquietud al pensarlo, la cogió en brazos de nuevo y volvió al refugio.

Setsuko dormitaba, tendida en el suelo, abrazando la muñeca: Seita la observaba, «¿Y si me hiciera un corte en un dedo y le hiciera beber la sangre? ¡No! ¡Ni que me faltara uno, no pasaría nada! ¿Y si le hiciera comer la carne del dedo?», sólo el pelo le crecía abundante y vigoroso: «Setsuko, ¿te molesta el pelo?», la incorporó y empezó a hacerle una gruesa trenza; los dedos que se deslizaban entre su cabello iban sintiendo, mientras tanto, el tacto de los piojos, «¡Gracias, Seita!», con el pelo recogido, sus ojos se veían tan hundidos que llamaban la atención. ¿Qué debía estar pensando Setsuko?, era difícil adivinar con qué motivo lo hacía, pero cogió dos piedras que había al alcance de su mano, «¡Seita, toma!», «¿Qué?», «¿Te apetece comer algo? ¿Quieres tomar un té?», la niña parecía haberse animado de repente, «Después te daré orujo de soja cocido», y, como si jugara a las casitas, alineó piedrecitas y terrones de tierra, «¡Toma, sírvete! ¿No te apetece comer?»

El mediodía del veintidós de agosto, cuando Seita volvió al refugio después de nadar en el estanque, Setsuko estaba muerta. Su cuerpo no era más que huesos y piel, durante los dos o tres días anteriores ya ni hablaba, no apartaba siquiera unas hormigas grandes que se paseaban por su rostro; sólo al caer la noche parecía que iba persiguiendo con la mirada las luces de las luciérnagas, «Sube, baja, se ha parado», murmuraba bajito; una semana antes, tras anunciarse la rendición, Seita había gritado lleno de cólera: «¡Y qué está haciendo la flota!», al oírlo, un anciano que había a su lado afirmó con contundencia: «La flota se hundió hace tiempo y ya no queda ni un barco», «Entonces, ¿se habrá hundido también la fragata de papá?», mientras andaba, contempló la fotografía completamente arrugada que llevaba siempre junto a su piel, «¡Papá también ha muerto! ¡Papá también ha muerto!», su muerte le pareció mucho más real que la de su madre y, finalmente, aquel ánimo que le impulsaba a seguir con vida, a luchar por sobrevivir, él y Setsuko, desapareció y le embargó un sentimiento de indiferencia hacia su suerte. A pesar de ello, por su hermana, siguió recorriendo las cercanías; en el bolsillo tenía varios billetes de diez yenes que había sacado del banco y, a veces, conseguía algún pollo por ciento cincuenta yenes; o arroz, cuyo precio había subido, en un santiamén, a cuarenta yenes el *shô*, y lo ofrecía a Setsuko, pero la niña ya no podía aceptar la comida.

Noche de tormenta: Seita estaba agazapado en la oscuridad de la cueva con el cadáver de Setsuko sobre sus rodillas; aunque se adormeciera de vez en cuando, se despertaba al instante y seguía acariciando su cabello, con la mejilla apretada contra aquella frente helada, incapaz de soltar una lágrima. Entre la tormenta que bramaba enfurecida, ¡fiuu! ¡fiuu!, haciendo temblar violentamente las hojas de los árboles, creyó oír el llanto de Setsuko; y tuvo la ilusión de que empezaba a sonar, en alguna parte, el himno de la armada.

Al día siguiente, una vez hubo pasado el tifón, bajo aquel cielo sin nubes bañado por la luz del sol, que ya se había teñido de los colores otoñales, Seita subió a la montaña llevando a Setsuko en brazos; había ido a solicitar la incineración al ayuntamiento, pero le habían dicho que el crematorio no daba abasto y que aún quedaban por incinerar los cadáveres de la semana anterior, y tan sólo había recibido un saquito de carbón vegetal en el reparto especial, «Si es un niño, puedes pedir que te dejen incinerarlo en un rincón del templo. Desnúdalo, y si enciendes la hoguera con cascarilla de soja, arde muy bien», le había advertido el hombre del reparto con aires de estar acostumbrado a tales explicaciones.

Cavó una fosa en la colina, a cuyos pies estaba Manchitani, puso a Setsuko en la canasta de mimbre, embutió a su alrededor ropa, el monedero y la muñeca, extendió la cascarilla de soja tal como le habían aconsejado, amontonó bien la leña, vació sobre ésta el saco de carbón vegetal, puso encima la canasta de mimbre, encendió una astilla con azufre y, al arrojarla dentro, ¡patchi!, el fuego prendió, crepitando, en la cascarilla de soja; aquella humareda que danzó, indecisa, durante unos instantes, pronto se convirtió en una columna que apuntaba con vigor hacia el cielo; Seita sintió, en aquel momento, la necesidad de ir de vientre y se puso en cuclillas mientras contemplaba las llamas; también Seita estaba afectado por una diarrea crónica.

Al anochecer se levantó un poco de viento y, a cada ráfaga, el carbón vegetal rugía en tono quedo y se avivaba el rojo de las ascuas; en el cielo del atardecer, las estrellas; al mirar hacia abajo, en las hileras de casas del valle, libres desde hacía dos días del control de alumbrado, se veían, acá y allá, las luces añoradas; cuatro años atrás, cuando él había venido con su madre a recoger algunos datos sobre una candidata para la boda de un primo de su padre, recordaba haber contemplado desde el mismo lugar la casa de la viuda; era como si nada hubiera cambiado, en absoluto.

El fuego se extinguió a altas horas de la noche y, al no poder orientarse en las tinieblas para recoger los huesos, se acostó junto a la fosa; a su alrededor había una multitud de luciérnagas que Seita ya no intentó atrapar: con ellas, Setsuko no se sentiría tan sola, las luciérnagas la acompañarían..., subiendo, bajando, desviándose de repente hacia los lados, dentro de poco, también ellas desaparecerán, pero tú, Setsuko, irás al cielo con las luciérnagas. Se despertó al amanecer, recogió los huesos blancos, divididos en fragmentos diminutos, parecidos a trocitos de talco, y bajó de la montaña; en el fondo de una trinchera, detrás de la casa de la viuda, encontró la ropa interior del quimono de su madre hecha un ovillo y empapada de agua—sin duda la había olvidado en la casa y la viuda la había arrojado allí—, la recogió, se la puso sobre un hombro y se fue; ya no regresaría jamás a la cueva.

La tarde del veintidós de septiembre del año veinte de *Shôwa*,[30] Seita, que había muerto como un perro abandonado en la estación de Sannomiya, fue incinerado junto a los cadáveres de otros veinte o treinta niños vagabundos en un templo de Nunobiki y sus huesos fueron depositados en el columbario, los restos de un muerto desconocido.

[30] Año 1945. *(N. de los T.)*

LAS ALGAS AMERICANAS

En un cielo ardiente, turbio de calina, brota una mota de blanco, «¡Eh! ¿Qué será aquello?», tengo mis ojos clavados en aquel punto y veo cómo, en un instante, se convierte en un círculo y, en el mismo centro del círculo, se ve un núcleo que se balancea suavemente como si fuera un péndulo, apunta directamente hacia mi cabeza, sí, no cabe duda, es un paracaídas, pero en el cielo de donde ha surgido no se vislumbra la figura de ningún avión y tampoco se oyen sus motores y, antes siquiera de que pueda extrañarme por ello, el paracaídas, con elegante ademán, sin rozar una rama, sin hacer caer ni una hoja, se posa con suavidad en un rincón del jardín donde hay plantada una tupida y caprichosa combinación de nísperos, abedules blancos, caquis, encinas, mirtos, lilas de Indias y hortensias, «*Hello! How are you?*», un extranjero delgado, un blanco que recuerda al general Percival, me dirige afablemente la palabra. El paracaídas, blanquísimo, que cubre sus hombros como un manto, se desliza en alud sobre la tierra del jardín, que se muda en nieve de tela inmaculada, ¡en fin!, ya que me ha saludado con un «*Hello!*», tendré que responder, ¡vamos!, con un «*I'm very glad to see you*», aunque a mi inesperado invitado—a quien, por cierto, es dudoso que pueda considerarlo invitado—es posible que le parezca poco apropiada la frase; por otra parte, «*Who are you?*» es inquisitivo, «¿Y tú? ¿Quién eres? ¿Quién eres tú? ¡¿Quién?!», y tras preguntárselo tres veces, si no responde, ¡pam!, lo mato de un disparo, pero, ¿en qué diablos estaré pensando?, ante todo debo saludar, «*How...How...How...*», siento como si los ciempiés subieran reptando desde mi barriga, además, tengo la boca tan pegajosa que no puedo articular palabra; recuerdo con toda seguridad haberme encontrado una vez, en el pasado, en una situación tan apurada como ésta, pero, ¿cuándo fue?; y mientras rebuscaba en su memoria, Toshio despertó de su sueño, a su lado yacía Kyôko, su esposa, enroscada sobre sí misma como una gamba; empujado por su trasero, Toshio estaba de cara a la pared, aplastado contra ésta, en una postura ciertamente incómoda y, al rechazar a su esposa despiadadamente, ¡plaff!, un objeto cayó de la cama.

Era el manual de conversación inglesa que Kyôko deletreaba entre murmullos antes de quedarse dormida y Toshio adivinó enseguida la naturaleza del objeto que acababa de caer, comprendiendo también en el mismo instante la causa de aquel extraño sueño.

Aquel día, al anochecer, un anciano matrimonio americano, al que Toshio no conocía en absoluto, iba a llegar a su casa. Un mes atrás, Kyôko le había dicho excitada, blandiendo un sobre de correo aéreo bordeado con rayas rojas, blancas y azules:

«¡Toshio! ¡Los Higgins dicen que vienen al Japón! ¿Y si los alojáramos en casa?», el matrimonio Higgins y Kyôko se habían conocido en Hawai la primavera anterior.

Toshio dirigía una productora de publicidad para televisión y, aunque era una empresa pequeña, entre reuniones con patrocinadores y seguimientos de rodaje, llevaba una vida sin horarios: aquel viaje quería ser una especie de compensación, más que nada porque a través de un conocido de una compañía aérea había podido conseguir un descuento en el precio de los billetes; con todo, el viaje excedía a sus posibilidades económicas y sentía una cierta culpabilidad, por lo cual—¡bendita sea la contabilidad *grosso modo*, poco detallada, de los pequeños negocios!—decidió cargar los gastos a expensas de su empresa y envió a Kyôko y Keiichi, su único hijo, de tres años, a Hawai; le preocupaba que Kyôko, que sólo había estudiado conversación inglesa dos años en la escuela universitaria, viajara sola con un niño, aunque ella, por el contrario, se divirtió de lo lindo —¿una actitud muy femenina?—e hizo gran cantidad de amistades, y entre ellas, los Higgins. Por lo visto, él estaba retirado de algún Departamento de Estado y vivían de su pensión; sus tres hijas estaban ya casadas y, no sabía qué puesto habría ocupado él, pero ahora gozaba de una buena posición que les permitía recorrer el mundo a los dos juntos.

«¡Los americanos son tan fríos! Dicen que padres e hijos, cuando éstos se casan, pasan a ser como extraños», dijo Kyôko olvidando el trato hacia sus propios padres, «Yo me dije, no perderás nada siendo amable, y me ocupé de ellos. ¡Y, fíjate, se emocionaron tanto que dijeron que me habían cogido más cariño que a sus propias hijas!», y, ¡magnífico!, la invitaron a comer en hoteles de lujo, dispusieron que los acompañara en su recorrido por las islas en una avioneta que habían fletado, cosas que ella no hubiera podido permitirse con su presupuesto de viaje de quinientos dólares e, incluso después de su regreso a Japón, enviaron chocolate por el cumpleaños de Keiichi, en julio; Kyôko les envió como agradecimiento una estera de flores de artesanía; el correo aéreo cruzaba el océano Pacífico una vez por semana y, finalmente, trajo la noticia de su visita a Japón.

«Son muy buenas personas. Un día u otro tú también tendrás que ir a Estados Unidos y te sentirás más seguro si conoces a alguien allí. Y además, dicen que Keiichi debería estudiar en una universidad americana», ¿hasta qué punto era simple interés? Suponiendo que Keiichi, que tenía tres años, ingresara en una universidad americana, eso sucedería quince años más tarde y Toshio se sintió tentado de burlarse de ella preguntándole cómo suponía que podía prolongarse hasta entonces la vida de un pensionista americano, claro que las frases calculadoras de Kyôko no debían ser más que un pretexto para justificar los gastos que iba a conllevar la visita del matrimonio. ¡Era un honor tener como invitados a los americanos, la extasiaba tanta solemnidad! «Hace tiempo que me dicen que les encantaría conocer mi hogar y a mi marido», antes de que Toshio dijera una sola palabra, ya estaba convencida de que él estaba de acuerdo. «¡Keichan, el abuelito y la abuelita Higgins dicen que vienen a Japón!, te acuerdas de ellos, ¿verdad? Cuando el abuelito te decía *hello*, tú le contestabas *bahahaai*, agitando la mano», y se echó a reír alegremente.

¿*Hello, bahahaai*? ¿Una nueva modalidad en las relaciones amistosas americano-niponas? Veinticinco años atrás, la palabra era *Kyuu-kyuu*.

«América es un país de caballeros», nos dijo el profesor de inglés en la primera clase después de la derrota. «*Lady First!*: allí respetan a las damas y dan gran importancia a los buenos modales. El *lady first*, de momento, no nos atañe, pero en cuanto a la cortesía, me preocupa que podáis cometer alguna incorrección y que los americanos piensen que Japón es un país de salvajes.» El profesor enseñaba, a regañadientes, una lengua que hasta entonces había sido la del enemigo y, tal vez para sofocar la comezón que sentía, quisquilloso como una rata, no desaprovechaba la oportunidad de reñir a sus alumnos; aquel tipejo era un cobarde: durante los ataques aéreos, en el refugio, recitaba temblando de terror el sutra *Hannyakyoo*,[1] aunque ahora parecía decidido

[1] Sutra muy conocido en Japón por ser común a todas las diferentes sectas budistas. Enseña la doctrina de la vacuidad. (*N. de los T.*)

a olvidar los viejos tiempos, THANK YOU, EXCUSE ME, lo escribió en la pizarra con unas letras grandes y, después, con una expresión despectiva en el rostro, barrió el aula de una mirada: «¡Ya! ¡Por mucho que miréis lo que pone, seréis incapaces de pronunciarlo bien, claro!», y cuando añadió la pronunciación en caracteres japoneses: *Sankyuu, Ekusukyuuzumi*, «¡Fijaos bien! El acento recae en *¡kyuu!*», trazó encima una línea con tanta fuerza que la tiza rechinó y, partiéndose ante aquel exceso de entusiasmo, salió volando en pedazos.

«¡Vaya! ¡Otra vez con las mismas!», nos sonreímos con sarcasmo recordando al profesor de literatura clásica china quien, hasta dos meses atrás, solía aleccionarnos en clase, descuidando la asignatura: «Cuando llegue la hora del combate final en territorio japonés, los dioses nos salvarán de la invasión», y cuando rezumando odio escribía: «Anglosajones: diablos y bestias»,[2] ¡chirriii!, entre los chirridos estridentes de la pizarra, la tiza acababa partiéndose indefectiblemente.

Concluía con: «En último extremo, sólo con decir un *kyuu* acompañado de una sonrisa, los americanos ya os entenderán, ¿comprendido?», y después de una hora de *kyuu-kyuu*, cuando íbamos a terraplenar los refugios antiaéreos que circundaban el recinto de la escuela, si uno de nosotros decía: «¡Ay! ¡Me habéis dado con una piedra!», «*¡Kyuu!*»;

---

[2] Eslogan de la guerra. (*N. de los T.*)

y cuando alguien pedía: «Ayudadme a llevar esta viga tan gruesa», «¡*Kyuu!*», que se convirtió en un santiamén en la palabra de moda.

¡Era lógico que no supiésemos inglés! En el tercer año de bachillerato sólo éramos capaces de deletrear BLACK y LOVE, la única palabra que sonaba realmente a inglés era *umbrella*, y ni siquiera discerníamos entre los pronombres personales *I-my-me*; el año dieciocho de *Shôwa*[3] ingresé en el instituto de bachillerato y, tras haber dedicado todo un trimestre a estudiar el alfabeto romano, la primera vez que logré descifrar la escritura horizontal fue un día, al regresar de la escuela, al leer la frase *Hokkaidô kono kosha*[4] impresa en un bote de mantequilla; apenas hubimos aprendido: *Disu izu a pen*,[5] las clases de inglés fueron substituidas por la instrucción militar; con todo, el profesor de inglés iba a clase, aunque sólo los días de lluvia, pero «Lo único que hacen en las universidades americanas es organizar bailes los fines de semana y divertirse. Por el contrario, los universitarios japoneses...» Era un canto de homenaje a los estudiantes movilizados. «Y vosotros, basta con que sepáis *Yes* y *No*. En la toma de Singapur, el general Yamashita le dijo al general enemigo Percival...», en este punto, ¡boum!, golpeaba la mesa, «¿*Yes* o *no*? ¡Éste es el espíritu, el vigor que os hace

---

[3] Año 1943. (*N. de los T.*)
[4] Cooperativa Agrícola de Hokkaidô. (*N. de los T.*)
[5] This is a pen. (*N. de los T.*)

falta!», afirmaba con un rostro de mejillas crispadas por los tics nerviosos y ojos desorbitados. Exámenes, los había, pero en los ejercicios de traducción del japonés al inglés aprobabas aunque tradujeras «la casa de ella» por *She is a house.*

El prototipo de hombre blanco era Percival, con la *Union Jack* entrelazada al hombro con una bandera blanca y unas piernecillas flacas asomando por debajo de los pantalones cortos. «Los blancos son de estatura alta, pero tienen la cintura débil, y esto, en definitiva, es porque se sientan en sillas, no como nosotros, los japoneses, que vivimos sobre el *tatami.* Sentarse correctamente en el suelo fortalece la cintura», nos gritaba el profesor de judo bajo una máxima enmarcada que rezaba: «No busques la verdad en el exterior, sino en tu corazón», «Por lo tanto, cuando estéis frente a un blanco, lo agarráis por la cintura y, si le hacéis un *koshinage*, un *uchimata* o un *oosotogari*,[6] lo derribaréis de un solo golpe, ¿comprendido? ¡En pie!», y luego, en los ejercicios, el contrincante imaginario era Percival, aquel pobre diablo cabizbajo y de aspecto poco temible; y ¡zas!, lo derribábamos al suelo y lo inmovilizábamos apretándole la garganta, «¿*Yes o no?*», «¿*Yes o no?*».

En el segundo año de bachillerato, servicio de trabajo obligatorio en el campo; después de la toma de Saipan, evacuación de viviendas: tatami, puertas

[6] Llaves de judo. *(N. de los T.)*

correderas interiores, puertas correderas exteriores, todos los materiales de construcción que podían desmontarse, los transportábamos en carretones hasta una Escuela Popular cercana y, en cuanto las viviendas quedaban vacías, los bomberos ataban cuerdas en torno a las vigas maestras y derruían los edificios tirando de éstas; los únicos vestigios que dejaban los antiguos moradores tras su marcha precipitada: una bañera todavía llena de agua, unos pañales muy usados tendidos bajo el alero del cuarto de baño, un rollo colgante de pintura que representaba a Hoteisan,[7] un tridente como el de *Katô Kiyomasa*,[8] una hucha vacía..., objetos que escondíamos en el seto diciendo: «¡Es el botín!», antes de llevárnoslos a casa; una vez encontramos un libro, un grueso tomo escrito sólo en inglés: «¿Creéis que era un espía?», «Podrían ser las claves, ¿eh?», discutíamos, mientras lo hojeábamos con los ojos muy abiertos, a la búsqueda de una palabra conocida como si se tratara de un tesoro; por fin, el jefe del grupo encontró SILK HAT; «Quiere decir *sombrero de seda*», nos dijo, y en un instante desapareció todo, el suelo de madera desnudo, el viejo calendario, la huella que un talismán había dejado en un pilar, y apareció la escena de una fiesta nocturna en la que los invitados llevaban sombreros de seda; uno de nosotros dijo con

[7] Uno de los siete dioses de la Fortuna. *(N. de los T.)*
[8] (1562-1611) Guerrero de la época feudal japonesa famoso por su valentía. *(N. de los T.)*

73

aire pensativo: «¡Vaya! ¿Así que SILK HAT significa *sombrero de seda*?», y aún ahora, cuando oigo SILK HAT, vuelvo a ver, como en un acto reflejo, la imagen de aquel sombrero de seda.

La primera carta de los Higgins lucía sobre la mesa del comedor con una ostentación que delataba el júbilo de Kyôko, y en cuanto Toshio vio el borde llamativo del sobre de correo aéreo sintió una extraña inquietud, más turbado por el hecho de haber recibido carta de unos americanos que por la vergüenza que sentiría cuando Kyôko le pidiera ayuda y tuviese que mover la cabeza en señal negativa, ya que era una nulidad en inglés; pero Kyôko, que se encontraba de un humor excelente, había podido leer la carta, a saber cómo, y le explicó su contenido; «Ahora tendré que contestar... ¿No habrá nadie en la empresa que pueda traducírmela al inglés?», «Pues, quizá haya alguien», «Por favor, ya la he terminado», y cuando Toshio la cogió y la leyó, vio que daba ya por cierta una futura estancia en Estados Unidos y que estaba escrita con unas bonitas frases de colegiala, lo que le recordó que en la empresa había dos o tres jóvenes empleados que se aplicaban al estudio de la lengua inglesa, y decidió pedírselo, pero al releerla, le molestó la frase: «Mi marido les agradece de todo corazón su gentileza», la rasgó y la tiró; sin embargo, llegó una segunda carta, como si persiguiera a la anterior, y en ésta ponía: «Unos japoneses que viven cerca nos las traducirán. Así que no se preocupe y escríbanos divertidas cartas en su idioma.» Kyôko se emocionó ante su amabilidad y les escribió extensamente en un preciado papel de cartas, recuerdo de un viaje a Kyoto, que ella guardaba como un tesoro; Toshio no preguntó sobre su contenido, pero al parecer les había dado una detallada, y ostentosa, información: «El señor Higgins dice que, incluso en Estados Unidos, el trabajo de productor para televisión es la profesión del futuro, y que te cuides mucho, porque estando tan ocupado... ¡Eh! ¿Me estás escuchando? ¡Que te lo dice a ti!...»; sí, claro, hay productoras de películas para televisión capaces de adquirir compañías cinematográficas de Hollywood y otras que, a lo sumo, hacen espots de cinco o quince segundos—el oficio de Toshio: ventas a gran escala y pequeñas ganancias—desde luego, ambas aparecen juntas en la misma columna del listín de teléfonos, pero... a Toshio no le apetecía extenderse en comentarios sobre las diferencias y, al ver su aire ausente, Kyôko se irritó: «Tú también deberías ir a América. ¡Es así como se adquiere prestigio!», «Ya ha pasado el momento. Ahora que todo el mundo viaja al extranjero, si yo no voy ni una sola vez, tendré el valor de la diferencia, al menos no estaré condicionado por la visión del turista, por esos conocimientos de estar por casa», «¡Esto no son más que excusas de mal perdedor! Y lo que es el idioma, no se trata más que de ir y, una vez allí, uno ya se espabila.» Kyôko, una vez decidida a viajar a Hawai, compró unos discos de conversación inglesa y practicó las posibles preguntas y respuestas que le serían útiles en la aduana o durante sus compras; al final, empezó a pasarle la lección a Keiichi: «Por lo visto, no se dice *papa* y *mama*, sino *daddy* y *mummy*. Dicen que *mama* significa mujer de baja estofa.» Toshio, que había aceptado que lo llamaran *papa*, ya que en aquellos tiempos *otôchan*[9] le parecía un poco ridículo, no pudo soportar el *daddy* y, tras discutir con Kyôko, ordenó en un tono infrecuentemente categórico en él: «¡En Hawai decid lo que os dé la gana, pero ahora estamos en Japón y quiero que me llaméis *papa*!»

Hasta que perdimos la guerra, aunque no nos enseñaban gran cosa, aprendíamos el inglés escrito; después de la derrota, sólo clases de conversación, y el lema era «*Come, come, everybody!*» Durante el cuarto año de bachillerato, se fundó un club de E.S.S.,[10] frecuentado por la élite de la escuela; un día, mientras tomaba el sol delante del antiguo *dôjô*[11] de judo, ahora convertido en club de lucha libre, me abordaron con un: «*Wattsumaraizuyû?*», ¿cómo?, ¿*tsumara*?, *tsumara* debe ser mañana, ¿me estará preguntando qué haré mañana?; uno de ellos, alumno del curso superior, lanzó una risa burlona: «Si dices *What's matter with you?*, no te entenderán

---

[9] Papá, en japonés. *(N. de los T.)*
[10] English Speaking Society. *(N. de los T.)*
[11] Lugar donde se practican las artes marciales. *(N. de los T.)*

en absoluto. Uno debe pronunciar bien: *Wattsuma-raizuyû?*», y tras añadir: «*Havaguttaimu*» se marchó con sus compañeros, riéndose a carcajadas.

Al finalizar el cuarto curso de bachillerato, abandoné mis estudios: mi padre, muerto en la guerra; mi madre, enferma; mi hermana pequeña, alumna de segundo curso de bachillerato en una escuela femenina, ella se ocupaba de las tareas domésticas, mientras que yo tenía que trabajar para mantenernos a los tres: primero en una fábrica de calcetines, después en una de pilas, y finalmente en el diario *Keihan Nichinichi*, donde mi labor consistía en encontrar clientes que quisieran anunciarse en el periódico; un día que había faltado al trabajo, mientras vagaba sin rumbo por el parque Nakanoshima: «¿Eres estudiante, verdad? Si lo eres, me gustaría pedirte algo.»

Yo vestía el uniforme de prácticas de aviación de la Escuela de la Marina: chaqueta de cadete con siete botones—aunque los dos últimos, aplastados— y pantalones de equitación, y pensando sin duda que mi atuendo, muy formal en aquella época, era el propio de una persona en quien se podía confiar, una mujer me abordó: «Me gustaría salir con unos soldados americanos... si tú me pudieras hacer de intermediario», efectivamente, en la dirección en que miraba la mujer, se veía un soldado, desocupado a todas luces, absorto en la contemplación de las barcas que surcaban el río, «Si mañana me esperas aquí, te haré un regalo»; yo sabía que «*How are*

77

you?» era un saludo, pero jamás había intentado dirigirle la palabra a ningún blanco y, mientras vacilaba, el soldado, que debía haber adivinado el juego, se acercó y me tendió una mano gruesa, diciendo: «*Squeeze!*», «¿Eh? ¿Qué?», en el primer instante no comprendí aquel *squeeze*, pero luego recordé que el profesor de inglés, que también nos entrenaba en béisbol, solía explicar a los atónitos miembros de su equipo: «La palabra *squeeze* significa 'exprimir, estrujar'. Y de aquí en adelante, recordad que si se *squeeze* la nieve, se hace un *snow-ball*»; así pues, mientras le apretaba tímidamente la mano, él me miró con aire de estar pensando: «¿Ésa es toda tu fuerza?», y con la misma facilidad que si estrujara un trozo de papel me devolvió un *squeeze* que me dolió tanto que casi di un salto. Tal vez pretendiera hacer un alarde de fuerza ante la mujer..., al ver mis muecas de dolor, ella se echó a reír y el soldado, sin desaprovechar la oportunidad, empezó a hablarle, mientras la mujer me lanzaba miradas de desesperación; yo comprendía, intermitentemente, alguna palabra como *name* o *friend*, pero era incapaz de entender lo que estaba diciendo. En cuarto de bachillerato, al fin, habíamos empezado a estudiar inglés en serio, pero el número de profesores era escaso y como suplente teníamos a un anciano, «En Japón, el sonido de la campana del tren hace *chin-chin*, y en inglés se dice *ding-dong*, y el *nyao* del gato es *miaow*; y el gallo canta *cock-a-doodle-doo*, y no *kokekokkoo*»: sólo nos enseñaba onomatopeyas, que los alumnos más concienzudos apuntaban en fichas de vocabulario: *chin-chin* en el anverso y *ding-dong* en el reverso; o un inglés que nos merecía muy poco crédito, pese a no comprenderlo en absoluto, como podía ser el «*he cannot be cornered*»[12] por el que nos traducía «es un ladino». Tras haber aprendido inglés con este género de personajes, las palabras del soldado me sonaban igual que las de un chino balbuceando en sueños.

Algo tenía que decir y, al fin, solté un inesperado «*Double! Double!*», a todo pulmón y con voz gutural, mientras señalaba con el dedo, alternativamente, a la mujer y al soldado; «*O.K., O.K.*», el soldado, con aire satisfecho, abrazó a la mujer por los hombros y me ordenó: «Taxi!»; lo cierto era que circulaban algunos taxis con un extraño bulto en su parte trasera que recordaba una mochila, pero yo no sabía cómo pararlos y, al ver mi aire aturdido, el soldado arrancó una hoja de su agenda y escribió con un bolígrafo unas enormes letras mayúsculas: TAXI, y empezó a agitar el trozo de papel ante mi cara profiriendo un extraño gruñido nasal para urgirme; luego, tal vez dándose cuenta de que no conseguiría nada, apremió a la mujer y echaron a andar. Contemplé aquel TAXI, escrito en auténtico inglés y, no sé por qué, me lo guardé cuidadosamente en el

[12] En japonés, la expresión «no se le puede dejar en un rincón», se aplica a las personas ladinas o astutas. *(N. de los T.)*

bolsillo de mi chaqueta como si se tratara del autógrafo de una estrella de cine e imité en voz baja la pronunciación del soldado. Volví al lugar al día siguiente, sin grandes esperanzas, pero la mujer ya se encontraba allí abrazando con orgullo una lata de café *MJB* de media libra y otra de cacao *Hershey*. «¿Conoces algún sitio donde puedan comprármelo?»; le expliqué que las cafeterías de Nakanoshima eran los lugares favoritos de las *amepan*[13] y que allí había unos chinos que compraban el café, el chocolate, el queso y el tabaco que los americanos daban a las chicas en vez de dinero; «¿Te encargarás tú de ir? Te daré comisión», me suplicó tanto que accedí y, cuando entré en aquel café donde servían agaragar, pasteles de crema y bollos rellenos de pasta de soja dulce a diez yenes y café a cinco, no vi a ningún chino, pero sí había una mujer gorda que debía participar en el negocio: «Me los quedo», dijo en cuanto vio los artículos que llevaba y, sacando un fajo de billetes de una gran cartera negra parecida a la de un cobrador de autobús, me dio, sin ceremonia alguna, cuatrocientos yenes en total, «¿No tienes cigarrillos? Te pagaré mil doscientos yenes por cartón»; en el local había otra mujer, a todas luces *panpan*, que cantaba «*Only five minutes more, give me five minutes more*», con una voz de una pureza inesperada.

[13] Contracción de *Amerika* y *panpan*, prostituta callejera que solían frecuentar los soldados americanos en la posguerra. *(N. de los T.)*

A propósito de canciones, también yo sabía algunas en inglés. Era como si asambleas, huelgas, conjuntos musicales y béisbol hubieran sido toda nuestra educación escolar; elegíamos al más charlatán de la clase como representante en las asambleas y allí se debatía: «Sí o no al uniforme escolar»; podías estar a favor o en contra, pero los alumnos que podían permitirse el lujo de llevarlo no llegaban a la mitad y sólo algunas niñas vestían obedientemente el traje marinero; un día, ¿quizá a finales del primer año después de la derrota?, yo estaba bordeando el foso del calcinado castillo de Osaka cuando, de improviso, aparecieron ante mis ojos cinco o seis alumnas de la Escuela Ootemae haciendo ondear los pliegues de sus faldas como si danzaran, y yo me quedé contemplándolas atónito; mi hermana menor llevaba aún pantalones bombachos, porque en nuestra escuela era normal que, incluidas las niñas, los alumnos que acababan de pasar de la educación primaria a la secundaria vistieran la misma ropa que llevaban en tiempos de guerra; la idea de formar un conjunto musical surgió del grupo de estudiantes de familia acomodada—aquéllos que sí podían vestir uniforme—y, aunque carecían de partituras, lograron reunir todos los instrumentos necesarios y en los conciertos tocaban: «*You are my sunshine*», «Una luz brilla en el valle», «Jardines de Italia», «Luna de Colorado», y también la canción con la que obtuvieron el éxito más sonado: «La comparsita», un tango que un alumno de quinto, hijo de un terrateniente que vivía cerca de mi casa y de quien se rumoreaba que había estado con una prostituta del barrio Hashimoto, nos presentó diciendo: «¡Compuesto por Rodríguez!», y nosotros nos sentimos muy impresionados por la majestuosa resonancia de aquel *Rodríguez*; además, según anunciaba la prensa, el mismo principe heredero cantaba por aquel entonces «*Twinkle, twinkle, little star.*»

En Nakanoshima había un fotógrafo que era muy bueno en conversación inglesa—estudiaba en la Escuela de Lenguas Extranjeras—y yo tomaba lecciones con él en mis ratos libres a cambio de cigarrillos hechos con tabaco de colillas; la razón es que me había convertido en alcahuete entre las mujeres y los soldados—si es que puede llamarse así a quien hace este servicio sólo a una o dos personas al día—; ellas, mujeres de tez macilenta y hombros escuálidos, acudían al parque dispuestas a prostituirse con los soldados, porque habían oído decir que allí podrían conocer a caballeros americanos que les darían chocolate; ellos, soldados jóvenes, sin saber que Nakanoshima era zona de caza de mujeres, estaban allí de pie con aire melancólico contemplando el río Dojima—en aquella época, la corriente era más rápida y las aguas más transparentes, ¿o añoraban quizá su pueblo?—; yo los presentaba y después, como ellas no eran profesionales y no sabían dónde cambiar el exitoso fruto de sus ganancias, yo vendía los artículos a los chinos, cobrando una comisión de cien yenes, un negocio mucho más rentable que mi antiguo trabajo en publicidad, incluyendo la venta de revistas y cepos de periódicos que hacía en mis ratos libres, de modo que me esforcé en halagar a los soldados: «*I hope you have a good time!*»; o les decía también, sonriendo con aires de entendido: «*What kind of position do you like?*», frases que no comprendía con exactitud, pero que les hacían reír, y es que, tal como dice Kyôko, ¡en lo tocante al idioma, uno se espabila pronto! Un antiguo compañero de clase a quien Toshio encontró por casualidad se sorprendió tanto de verlo departir en inglés con los soldados que ni siquiera se fijó en su miserable indumentaria; «¿Sabéis que trabaja de intérprete? ¡Habla muy bien el inglés!», por lo visto, difundió la noticia por toda la escuela y muchos acudían al parque a ver cómo trabajaba.

En cuanto Kyôko supo que los Higgins irían a Japón, reemprendió sus estudios de inglés y empezó también a aleccionar a Keiichi: «*Good morning!* Cuando te levantes por la mañana debes decir '*good morning!*', ¡vamos, repítelo! ¡Eh, papá!, ¿por qué no estudias tú también un poco de inglés? Cuando los Higgins estén aquí, tendremos que llevarlos a Kabuki, a la torre de Tokyo... En Hawai fueron muy amables con nosotros», «Yo no podré, estoy muy ocupado», «¡Vamos, que por dos o tres días ya te apañarás! En Estados Unidos el matrimonio es una unidad, ¿sabes? En Hawai no paraban de preguntarme: '¿Y a tu marido, le pasa algo?', y yo les mentía diciendo que vendrías más adelante»; ¡cómo!, ¡pero qué está diciendo!, ¡si es gracias a mi trabajo que ella puede ir de vacaciones!, me enfadé, pero lo cierto es que los americanos iban a venir y que debería enseñarles Tokyo: «Señores, a su derecha pueden ver el rascacielos más alto de Japón», «*Look at the right building, that is the highest...*», me sentí moralmente hundido, ¿por qué he de volver a hacer lo que los chulos de Nakanoshima?, ¡no quiero!, ¡pero cómo pueden parlotear con los americanos tan a la ligera!, ¿es que no tienen escrúpulos, o qué? Yo mismo los he visto, de paseo por Ginza, jóvenes charlando amigablemente con americanos, ¡e incluso a algunos con la desvergüenza de ir abrazados, como lo más normal, con su chica americana! En aquella época, nosotros también hablábamos con los soldados. Una vez, en un tren atestado, un universitario les preguntó, nervioso, a dos soldados americanos que viajaban a su lado: «*What do you think of Japan?*», uno se encogió de hombros y el otro, clavándole la mirada, repuso: «*Half good, half bad*», y el universitario asintió gravemente con los mismos movimientos de cabeza que si le hubieran revelado un axioma filosófico antes de aceptar el chicle que el soldado que se había encogido de hombros le tendía; enrolló el chicle con los dedos como si fuera un cigarrillo y se lo embutió en la boca, mientras los demás pasajeros lo mirábamos con codicia. ¿Por qué daban los soldados chicles y cigarrillos al primero que veían?, ¿por miedo a un país que había sido hasta poco antes tierra enemiga?, ¿por compasión del hambre que pasábamos? El chicle no alimenta. En verano del año ventiuno de *Shôwa*[14] vivíamos en Omiya-chô, en las afueras de Osaka y, posiblemente debido a que en la vecindad había muchas granjas, siempre había retrasos e interrupciones en el suministro del racionamiento; mi hermana solía ir varias veces al día al almacén de arroz a mirar la pizarra y volvía decepcionada porque el aviso jamás salía. Un día de hambre atroz, después de registrar uno a uno todos los rincones de la casa, no hallamos más que sal gema y levadura y, tras pensárnoslo mucho, las disolvimos en agua y nos bebimos aquel brebaje que, pese al hambre, nos pareció vomitivo. Y justo entonces, «¡Ha llegado el racionamiento! ¡Dicen que para siete días!», la mujer del barbero llegó a avisarnos corriendo, con sus grandes pechos, como los de una vaca, saliéndosele del escote, «¡Vamos a buscarlo!», cogí el tamiz de pasta de soja y me dispuse a salir, «¡No, aquí no caben las raciones de siete días! Mejor que lleve un saco», tiré el tamiz que había cogido sin pensar, porque, como solían repartir raciones para sólo dos o tres días y como a una familia de tres personas le correspondía apenas un puñado de arroz, me daba vergüenza que me vieran con un saco grande y, acto seguido, corrí al almacén, donde se apilaban unas cajas de cartón verde del ejército americano ante

[14] Año 1946. (*N. de los T.*)

mujeres que esperaban entre parloteos y risas cha-
bacanas: «Desde que mi marido ha vuelto de Man-
churia, no se le levanta», «¡Pues no te quejes! Que
al mío, cuando salgo limpia y fresquita del baño, le
da por echárseme encima, ¡y con este calor no hay
quien lo aguante!»; yo captaba el sentido de la
conversación, así que le dije a mi hermana pequeña,
que me había seguido: «¡Vete a casa y espérame
allí!», y es que mi hermana, como no podíamos
comprarle ropa nueva, entre los harapos enseñaba
el ombligo y, un día, una mujer que había sido enfermera le dijo con descaro nada más verla: «¡Huy,
qué ombliguito tan mono! Ya puedes ir enseñándo-
lo, que ya verás la vergüenza que pasas el día de tu
boda, cuando tengas que desnudarte delante de tu
marido!»

¿Será queso?, ¿albaricoques?, ya conocíamos
aquellas cajas verdes y sabíamos que aquello no era
arroz, sino alimentos que llegaban de Estados Unidos como ayuda humanitaria; los albaricoques azu-
carados no valían gran cosa, pero el queso nos parecía, como es lógico, mucho más nutritivo, estaba
muy bueno mezclado con la sopa de pasta de soja;
ante la mirada expectante de todos, el dueño de la
tienda de arroz rasgó el envoltorio con un cuchillo
de cocina y aparecieron unas cajitas envueltas en un
vistoso papel verde y rojo; luego, como queriendo
frenar a quienes conjeturaban sobre la naturaleza
de su contenido, exclamó: «¡En estas cajas hay las
raciones para siete días! Esta vez no es arroz, sino

chicle!», y sacó una cajita que parecía el estuche de una joya y que correspondía al racionamiento de tres días.

En la caja había cincuenta paquetes, y en cada paquete había cinco chicles, las raciones para siete días de una familia de tres personas; me llevé la caja bajo el brazo reconfortado por la sensación de abundancia que daba su peso. Al verme llegar, mi hermana corrió hacia mí: «¿Qué es? ¿Qué hay dentro?» y, al oír que eran chicles, soltó un grito de alegría, al tiempo que mi madre ponía uno de los paquetes como ofrenda ante el retrato de mi padre muerto en combate, sobre el tosco altar budista de madera blanca que había mandado hacer, a cambio del quimono de los domingos rescatado de la evacuación, a un carpintero vecino, hizo sonar luego una campanilla y así empezó una cena íntima que prometía ser alegre: desenvolvimos los chicles y empezamos a mascarlos en silencio; habíamos calculado que tocaban a unos venticinco chicles por comida y, como era fastidioso ir mascándolos uno a uno, me los fui embutiendo en la boca uno tras otro persiguiendo aquel sabor dulzón que se desvanecía en un santiamén, y uno más, y otro; la verdad es que si sólo nos hubieran mirado la boca, habría parecido que la teníamos atiborrada de bollos de agaragar rellenos de pasta dulce de judía roja; «Esto hay que tirarlo, ¿verdad?», dijo mi hermana sosteniendo entre los dedos un chicle masticado de color marrón, «Sí, claro», y sus palabras me hicieron comprender que tendríamos que subsistir siete días con aquellos chicles que no saciaban el hambre. Además, la saliva ni siquiera llenaba el estómago, como sucedía con el té, y poco después, aquella insoportable sensación de hambre volvió con tal crudeza que se me anegaron los ojos en lágrimas de rabia e impotencia. Al fin, los vendí en el mercado negro, a punto ya de desaparecer, y con el dinero que me dieron, compré harina de maíz y pudimos matar el hambre, así que no tengo motivos de queja, pero sí puedo afirmar con rotundidad que los chicles no alimentan.

«Give me shigaretto, chokoreeto sankyuu»; si ellos hubieran tenido que mendigar, siquiera una vez, a los soldados, ¿hablarían ahora tan alegremente con los americanos? ¡Ellos, con su cara de mono, ante americanos de tabique nasal alto y frente poderosa! Ahora hay quien dice que el rostro de los japoneses tiene su encanto y que su piel es bonita, pero yo me pregunto, ¿lo dirán en serio? A veces, veo a los marineros sentados frente a una mesa en las cervecerías, o a algunos extranjeros con ropas casi de pordiosero, es verdad, pero su rostro... Me siento irremisiblemente fascinado por sus facciones volumétricas, paradigma del verdadero hombre civilizado, ¿y acaso no es cierto que destacan entre los japoneses que hay a su alrededor? Y lo mismo sucede con su constitución física, brazos fuertes y pecho robusto, ¿no es lógico sentirse avergonzado junto a ellos?

«El señor Higgins dice que es de ascendencia inglesa, lleva barba blanca y parece un actor de teatro»; las explicaciones de Kyôko eran innecesarias después de haber visto las fotografías en color en que aparecía el señor Higgins en traje de baño con la Black Sand Beach o la Diamond Head como telones de fondo; los músculos del pecho mostraban, como era lógico, una cierta atonía, pero el abdomen todavía era firme; a su lado estaba su esposa, en biquini a pesar de su edad. «Tienen la piel muy blanca y enseguida se ponen rojos. Él es peludo, pero la calidad de sus pelos es distinta a la de los japoneses. Son suaves, de color dorado, y brillan, son muy bonitos»; imaginando que tal vez el secreto estaba en la alimentación, a su regreso de Hawai Kyôko hizo comer a Keiichi sólo carne durante una temporada, aunque lógicamente eso no duró mucho, pero ahora volvía a las andadas: «Los americanos comen bistec, ¿sabes? Pero la carne japonesa es muy buena y creo que les gustará», no sé si lo hacía con intención de practicar, pero llenaba el frigorífico de carne de ternera, al estilo americano, y todas las noches nos preparaba un bistec asado, entre exclamaciones propias de un camarero de hotel metomentodo: «¡Poco hecha! ¡Al punto!»

Como lo había visto en Hawai, Kyôko estaba convencida de que lo elegante era poner una cubierta de toalla de color rosa sobre la tapa de la taza del wáter y le preocupaba que el baño no fuera de estilo occidental, se dedicó activamente al exterminio de cucarachas, decidió ceder su dormitorio a la pareja y compró colchones para su familia, decoró la sala de estar con flores de plástico e, inspirada, al parecer, por una telenovela americana, colgó una fotografía ampliada de Keiichi en Hawai y otra del día de su boda; al principio Toshio protestó, pero luego, pensando que era más cómodo dejarle llevar la batuta, optó por convertirse en simple espectador y observar pasivamente la metamorfosis barata y progresiva de su hogar.

En la época en que trabajaba de parodia de chulo en Nakanoshima, un antiguo compañero de clase, hijo del carnicero de Shinsaibashi, se me acercó un día y me dijo: «Tú que conoces a tantos americanos, ¿por qué no traes uno a casa?», y cuando le pregunté por qué, me explicó que su padre había ganado mucho dinero vendiendo carne, que tenía tanto miedo a los ladrones que había instalado un mecanismo electrónico para abrir y cerrar las puertas de su nueva casa, que le gustaba el jolgorio y, como no sabía en qué gastarse el dinero, daba fiestas, y que tenía ganas de invitar a un americano, «Han venido de tan lejos y nosotros les ocasionamos tantas molestias que a mi padre le gustaría agradecérselo», acepté en cuanto me prometió un *kan*[15] de carne y me dispuse a acompañar a un tal Kenneth, un tejano de unos veinte años a quien, con grandes esfuerzos, había logrado

[15] Unidad de peso. Un *kan* equivale a unos 3,750 kilogramos. *(N. de los T.)*

explicarle la situación, a una imponente villa situada en Kôrien. Hicieron sentar a Kenneth sobre una piel de tigre, ante el *tokonoma*,[16] y nos sirvieron una lujosa comida al estilo japonés—dos *zen*[17] que parecían preparados por una casa de comidas por encargo—; sentado en el suelo, Kenneth no sabía qué hacer con sus largas piernas y tampoco debió gustarle la sopa de pasta de soja con rodajas de carpa ni el *sashimi* de dorada, que ni probó siquiera, y se limitó a beber una cerveza cuya etiqueta indicaba «vino de cebada»; poco después, el hijo de la casa bailó, sin destreza ni gracia, una ridícula danza al compás de la canción «*Kage ka, Yanagi ka, Kantarô-san ka*»;[18] yo me moría de vergüenza, pero el carnicero estaba muy satisfecho fumando su larga pipa japonesa y repitiendo una vez tras otra: «*Japan paipu, Japan paipu*», la única palabra inglesa que debía saber.

¡No puede ser que vuelva a ocurrirme lo mismo!, pero ¿y si los Higgins rechazaran con una mueca los platos de Kyôko, o si Kyôko dijera: «¿Por qué no le cantas una canción al abuelito? *Let's sing!*», incitando a Keiichi, que últimamente aprendía con facilidad canciones de la tele como *Komat-*

---

[16] Lugar principal, dado su carácter sagrado, de una sala japonesa. *(N. de los T.)*

[17] Un *zen* es la cantidad de comida, normalmente de lujo, que corresponde a una persona y consta de varios platos distintos. *(N. de los T.)*

[18] ¿Es una sombra, o un sauce, o el señor Kantarô? *(N. de los T.)*

chau-na[19] y las cantaba imitando los gestos de los cantantes..., a Toshio, sólo imaginando la escena, se le subía ya la sangre a las mejillas.

«A ver qué te parece», Kyôko rasgó el envoltorio de unos grandes almacenes y sacó una bata de color carmesí, «Es de la talla XL, ¿te la pruebas?», y se la puso a la fuerza. A Toshio, que en Japón era alto, le iba a la medida, «Creo que es un poco más alto que tú», e indicó la diferencia con la mano, «Bueno, tendrá que conformarse. A la señora Higgins le dejaré uno de mis *yukata*.»[20]

«La estatura media de los americanos es de un metro y ochenta centímetros, la de los japoneses, un metro sesenta: la diferencia es de veinte centímetros. Es un hecho fundamental y afirmo que la causa de nuestra derrota reside en que la fuerza física individual de los ciudadanos determina la potencia de un Estado», dijo el profesor de Ciencias Sociales, la asignatura que había sustituido a Historia. La especialidad de aquel profesor era contar historias que podían calificarse, bien de disparates, bien de fanfarronadas, y jamás sabíamos hasta dónde llegaba la verdad, claro que podía ser muy bien una forma de ocultar su vergüenza por tener que ilustrarnos sobre ese Japón democrático recién surgido del «Japón, tierra de los Dioses» utilizando un libro de

[19] ¡Qué apuro! *(N. de los T.)*
[20] Quimono de algodón que se lleva en verano. También se usa, en casa, como bata. *(N. de los T.)*

texto en el que eran muchas las líneas que estaban tachadas con tinta negra. Cuando, después de la guerra, Estados Unidos hizo las primeras pruebas nucleares en el atolón de Eniwetok, auguró amenazante: «Si hubiera una larga reacción en cadena, la Tierra estallaría en mil pedazos», también exponía sus conjeturas: «El ejército americano nos hace entregar las cañerías de plomo que hay entre las ruinas porque las envían a Estados Unidos para reutilizarlas como material antirradiactivo, lo que significa que la tercera guerra mundial se avecina y que los Estados Unidos y la Unión Soviética, sin duda, se acabarán enfrentando»; no hacía falta que nos lo explicara: la teoría de la diferencia de estatura como determinante de la potencia nacional ya la habíamos aprendido nosotros en nuestra propia piel.

La tarde del día veinticinco de septiembre del año veinte de *Shôwa*[21] el cielo estaba completamente despejado; aquel año, durante la sucesión de días que conducen del verano al otoño, lucía siempre un sol ardiente en el cielo, sin una nube que lo empañara..., ¡no, no es verdad!, hubo también un tifón que se anticipó al otoño y las plantas de arroz quedaron convertidas en un amasijo de rastrojos que mostraba el paso del viento y auguraba una mala cosecha. De todas formas, tanto el día quince de agosto[22] como el veinticinco de septiembre, el cielo mos-

[21] Año 1945. *(N. de los T.)*
[22] Fin de la guerra. *(N. de los T.)*

traba lo que podríamos llamar un cielo azul americano y, como decían que aquel día llegaba, al fin, el ejército americano, se suspendieron las clases; en realidad, hacía tiempo que dedicábamos las horas lectivas a limpiar escombros. No sé de dónde sacaría la idea, pero estaba convencido de que llegarían en avión o en barco, y así iba andando tranquilamente hacia el mar desde nuestro refugio subterráneo, que estaba entre las ruinas del barrio de Shinzaike de Kobe, cuando pasó por la carretera nacional, con gran estrépito, una moto con sidecar conducida por un policía de expresión tensa que llevaba un casco sujeto bajo el mentón; cien metros más allá, se veía una larga columna de lo que más tarde identifiqué como jeeps y camiones con capota que avanzaba a paso mucho más solemne que el sidecar; contemplé fascinado, vehículo a vehículo, aquel largo convoy que, si bien se acercaba con extrema lentitud, pasaba corriendo a toda velocidad ante mis ojos.

Seis años atrás, aunque era de noche, había despedido en la misma carretera nacional una columna de camiones parecida que transportaba a unos soldados japoneses que se habían alojado en casas particulares durante unos veinte días, a la espera de embarcar en el puerto de Kobe; los dos soldados que alojamos en casa fueron buenos compañeros de juegos. La partida, repentina, se produjo a las nueve de la noche; mi madre y yo mirábamos desde la acera cómo los soldados montaban en silencio en multitud de camiones; de tanto en tanto, se escuchaba una voz de mando que sonaba como el graznido de un ave extraña y las siluetas de nuestros soldados se diluyeron en la oscuridad; poco después, me pareció oír voces que cantaban: «¡Somos los valientes que juramos volver victoriosos!», pero debió ser una alucinación, porque yo estaba absorto en contener las lágrimas que pugnaban por brotar, y brotar... Los camiones partieron en dirección al oeste, por la carretera nacional, mientras los reflectores apuntaban al cielo, inmóviles, dibujando el contorno de las nubes.

Por esa misma carretera nacional, también de este a oeste, los camiones del ejército americano desfilaban ante mis ojos; al principio, fijaba la mirada sobre cada uno de ellos, como si contara los vagones de un tren de mercancías, pero aquello parecía no tener fin; «¡Oh, los americanos traen cañas de pescar!», gritó un niño de cráneo extrañamente oval, y es que, sin darme cuenta, una multitud de personas, con polainas y casco todavía, se había ido agrupando junto a la carretera. Efectivamente, en la parte posterior de cada uno de los jeeps se balanceaba, al compás de la trepidación del vehículo, una vara flexible parecida a una caña de pescar; «Los chinos hacían la guerra con paraguas, los americanos la hacen con cañas de pescar... ¡desde luego, no es lo mismo!», observó un anciano, aunque yo no le supe ver la diferencia y, la verdad, me extrañó mucho que los americanos se entretuvieran en pescar *bera* o *tenko-*

chi en la playa de Tômei, tal como hacíamos nosotros, pero un joven, seguramente un soldado desmovilizado, nos aclaró: «¡Eso son antenas, para la radio!», «¡Vaya! ¡De modo que hacen la guerra por radio!», y nos quedamos francamente maravillados.

De repente, sin gritos ni órdenes, el convoy se detuvo y los soldados americanos, a quienes había observado hasta entonces como a una pieza más de sus vehículos, con el uniforme del mismo color, se apearon de un salto con el fusil en ristre, pero nada más pisar la carretera se apoyaron con displicencia en los camiones y empezaron a observarnos, rojas las mejillas como las de un demonio. «¡Oh! ¡Es una mentira! ¡No son hombres blancos! ¡Son diablos rojos!», dijo, como si me leyera el pensamiento, un niño de mi edad azorado por el pánico; entre la multitud que se encontraba a unos doscientos metros más al este, se levantó de pronto un rumor estridente, imposible de catalogar: no eran gritos de alegría ni de horror; al mirar hacia allí, vi a dos soldados americanos que sacaban, no una cabeza, sino todo el busto a los demás, sobresaliendo entre quienes los rodeaban, y cuando me dispuse a bajar a la carretera para ver qué estaba sucediendo, tres colosos, que se habían acercado sin que yo los viera llegar y estaban a sólo unos dos metros moviendo rítmicamente las mandíbulas como si mascaran algo, abrieron un paquete de chicles y, ¡zas!, ¡zas!, los fueron arrojando uno tras otro al suelo. Estupefactos, estábamos mirando la actitud desenvuelta de los soldados, cuando éstos nos indicaron con gestos que los recogiéramos; el primero que se adelantó, un pobre hombre con camiseta blanca de crepé, calzoncillos largos, calcetines sujetos con jarretera y zapatos marrones, movido más por miedo a que lo reprendieran que por afán de mendicidad, recogió uno medrosamente, con una expresión que no cabría definir como alegría por aquel regalo, pero luego las palomas se abalanzaron sobre el grano.

Yo, hasta aquel instante, jamás había tenido la intención, pero al ver de cerca a los americanos, recordé las afirmaciones que el profesor de judo hacía en un tono parecido a la recitación dramática de una epopeya histórica, «¡A los blancos, hay que agarrarlos por la cintura y tumbarlos con una *koshinage*, una *uchimata* o una *oosotogari*!», aunque no abrigaba ningún propósito serio, me pregunté mientras los examinaba: «¿Cómo me lo haría?», y me sentí descorazonado. ¡Bah!, ¡el general Percival debía ser una excepción!; los americanos que estaba observando tenían brazos como troncos, cinturas como morteros, y sus robustos traseros estaban enfundados en unos pantalones de tela brillante que, no sabría decir por qué, daban una impresión totalmente distinta a la de nuestro uniforme civil-patriótico; yo tenía el primer *dan* de judo del *Butokukai*[23]

[23] Nombre de una asociación de aficionados a las artes marciales. Significa: «Las artes marciales conducen a la virtud.» *(N. de los T.)*

y era capaz de derribar, de un solo movimiento de pierna, a un hombretón, pero decidí que no tenía nada que hacer frente a aquellos americanos y contemplé su físico formidable. «¡Oh! Pero si es que es lo más normal del mundo que Japón haya sido derrotado, ¿por qué nos habremos embarcado en una guerra contra estos gigantes? Si intentáramos clavarles la bayoneta de madera del fusil, seguro que se partía.» Poco después, cansados ya de arrojar comida a las palomas, los soldados volvieron a sus vehículos y, como dos o tres personas los seguían apesadumbradas, se volvieron de improviso y los apuntaron con un rápido movimiento de fusil; los tipos que los habían seguido se quedaron paralizados de terror hasta que los soldados, rompiendo a reír, levantaron un coro de risas sardónicas entre la multitud.

Al día siguiente, me enviaron a Aduanas en servicio de trabajo y, con el pretexto de una limpieza general, arrojamos por la ventana todos los documentos que había en el edificio y luego los quemamos; los papeles que no convenía que encontrara el ejército de ocupación ya debían haber desaparecido y aquello no era más que otro síntoma del ataque de locura general provocado por el pánico, «¡Caramba! ¡El anverso de las hojas está pautado, pero el dorso está blanquísimo!»; como yo utilizaba las viejas facturas de una papelería como libreta, me dije: «¡Qué bien! Ya que los queman, me los llevo a casa», y me los escondí bajo la camisa, pero, como cabía esperar tratándose de una aduana, pronto descubrieron aquel contrabando de papeles y todos quedaron convertidos en ceniza; sólo tres meses atrás, nos reuníamos delante de aquellas aduanas, cruzábamos entre los apiñados depósitos de Mitsubishi y Mitsui para, ya en la playa de Onohama, construir un parapeto que protegiera el arma más moderna de Japón, los cañones antiaéreos de 125 mm, cuyo disparo, decían, podía atravesar una chapa de acero a quince mil metros de altura y que, según nos explicó el jefe de sección: «Van conectados al radar y pueden hacer tres tipos de disparo: de interceptación, cuando llegan los aviones; vertical, cuando se sitúan justo sobre nuestras cabezas, y de persecución, cuando los aviones se están alejando», gracias a estos cañones, Kobe sería una fortaleza inexpugnable, aunque no hubiera más que seis; también nos dejó mirar con sus prismáticos y, pese a la luz del día, podía distinguirse Júpiter con toda claridad.

El día uno de junio se hizo «fuego de interceptación» contra los B-29 que entraban en Osaka en línea recta a través de la bahía, los cañones de 125 milímetros dispararon con furia, pero no pudieron derribar ni un solo avión; los soldados ni se inmutaron y, cuando les dije con ánimo de halagarlos: «¡Son fabulosos! ¡Al disparar, echan fuego!», me respondieron con apatía: «Pues claro, por algo se llaman armas de fuego.»

Tres meses atrás, había estado cooperando para recibir a América a tiro limpio, ahora hacía limpieza general para acogerla; la diferencia estribaba en que, cuando trabajábamos en la construcción de posiciones, nos repartían un pan a cada uno, mientras que después de la derrota, en el servicio de trabajo obligatorio, nos daban siempre dinero: un yen y cincuenta céntimos diarios; durante el tiempo que trabajé en las Aduanas, volví una vez, durante el descanso del mediodía, a la playa de Onohama que estaba a dos pasos: los cañones antiaéreos y aquel radar, parecido a una parrilla de asar pescado, habían desaparecido, en la arena sólo había veinte o treinta caños de cemento y, en el mar, una hilera de pequeños barcos de guerra americanos rastreaban las minas que ellos mismos habían arrojado.

«¿Qué edad tiene el señor Higgins?», a Toshio se le había ocurrido, de repente, preguntárselo a Kyôko, pero ella no lo sabía con certeza, «Pues tendrá unos sesenta y dos, quizá sesenta y tres, ¿por qué?», «¿No te dijo si había estado en la guerra?», «No, por supuesto que no. De vacaciones en Hawai, ¡a quién se le ocurriría hablar de cosas tan desagradables!», y precisó: «Bueno, a ti, tal vez», luego agregó, súbitamente alarmada: «Por lo que más quieras, cuando estén aquí, no hables de la guerra. Imagínate cómo se sentirían si supieran que tu padre murió en batalla»; cuando tenían invitados de la edad de Toshio, después de emborracharse acababan siempre cantando himnos militares o contando historias de la movilización, y Kyôko, ofendida tal vez por sentirse dejada de lado, solía decir con aire crítico:

«¡Pareces tonto! ¡Siempre con el mismo cuento!»;
su advertencia se debía, probablemente, a este hecho, pero Kyôko no tenía motivos para preocupar-
se: Toshio no tenía el nivel de inglés suficiente para
discutir de la guerra con un americano, «¡Las cosas desagradables, mejor no recordarlas! Todos los
años, en cuanto llega el verano, hala, que si recuerdos de la guerra por aquí, que si conmemoraciones
del fin de la guerra por allá, siempre las mismas cosas. ¡Lo odio! Y no te creas, que yo también recuerdo cómo mi madre me llevaba sobre sus espaldas al
refugio, yo también he comido *suiton*,²⁴ pero detes-
to que sigan desenterrando la memoria de la guerra
exclamando: "¡Recordad una vez más el quince de
agosto!", ¡como si estuvieran orgullosos de sus su-
frimientos!»; Kyôko lo argumentaba con tanta ve-
hemencia que a Toshio no le quedaba más remedio
que callarse; en la empresa, cuando se le soltaba lengua y empezaba a contarles a los empleados jóvenes
historias de bombardeos o del mercado negro, éstos
se sonreían irónicamente como si pensaran: «¡Ya
vuelve a darle al tema!», y lo asaltaba un miedo re-
pentino a que creyeran que se parecía a Ookubo
Hikozaemon²⁵ relatando sus hazañas en *Tobino Su-
monju Yama*, o a que sospecharan que exageraba
cada vez que abría la boca y, sintiéndose pillado en

²⁴ Sopa con bolas de harina. *(N. de los T.)*
²⁵ (1560-1639) Señor feudal vasallo de los primeros *sho-
gun* de la dinastía Tokugawa. *(N. de los T.)*

falta, Toshio ponía fin a su relato precipitadamente con un sentimiento de nostalgia; el quince de agosto haría ya veinte años de todo aquello y podían tomar sus historias como batallitas del abuelo.

El quince de agosto, en nuestro refugio entre las ruinas de Shinzaike, yo era el responsable de mi madre y de mi hermana menor; tratándose de un niño de catorce años, la palabra «responsable» puede sonar extraña, pero en el Japón de aquellos tiempos, un niño de catorce años era en quien más se podía confiar: sacar el agua de lluvia que inundaba el refugio antiaéreo o ir a buscar agua al pozo cuando habían cortado el suministro eran tareas que no hubieran podido hacer sin mi ayuda, ya que mi madre padecía de asma y de una enfermedad nerviosa.

Ahora ya no recuerdo si el aviso que informaba sobre la emisión radiofónica de aquel comunicado trascendental se dinfundió la víspera o el mismo día quince por la mañana; aunque casi todo el barrio había ardido con anterioridad, lo cierto era que las noticias corrían entre aquella gente apiñada en casitas cubiertas con chapas de zinc junto a una valla rescatada del fuego, otros vivían en el refugio antiaéreo tras apañar sobre él un techo que, en su punto más alto, medía tres *shaku*: debieron enterarse, pues, por algún vecino y una treintena de personas se agrupó ante el centro de jóvenes que se había salvado de las llamas y discutía: «Quizá proclamen la ley marcial», «A lo mejor, Su Majestad Imperial toma personalmente el mando del ejército»; el día catorce de agosto Osaka había sufrido un gran bombardeo y Kobe había sido ametrallado por escuadrillas procedentes de los portaaviones: nadie podía imaginar que la guerra acabara a la mañana siguiente; «Porfiemos por las generaciones venideras. Arrostremos lo imposible. Afrontemos lo insoportable»,[26] aunque escuchamos aquella voz sobrenatural, todos nos quedamos desconcertados, pero después un locutor repitió solemnemente el rescripto imperial y se cortó la emisión; que la guerra había terminado, debió comprenderlo de forma más o menos vaga todo el mundo, pero nadie se atrevió a decirlo en voz alta, por miedo a las posibles represalias, hasta que el presidente de la asociación de vecinos, cuyo cabello ralo y canoso empezaba a despuntar, incipiente, en su cráneo rapado, dijo: «Eso significa que se ha proclamado la paz», y las palabras «proclamarse la paz» me evocaron la reconciliación de Ieyasu y Hideyori[27] en el castillo de Osaka en..., ¿fue

---

[26] Extracto del rescripto imperial anunciando la rendición. Fue emitido por radio el día 15 de agosto de 1945 a mediodía y leído por el mismo emperador. Tanto la conmoción de oír su voz por primera vez, como la dificultad del lenguaje empleado hizo que su mensaje fuera incomprensible para la mayoría de los japoneses. *(N. de los T.)*

[27] Toyotomi Hideyori es hijo de Toyotomi Hideyoshi, unificador de Japón. Heredó de su padre el poder, pero lo perdió tras una batalla contra Tokugawa Ieyasu, convirtiéndose en un simple señor feudal de Osaka. A su vez, Tokugawa

en verano o en invierno?, no tenía la más mínima conciencia de derrota, estaba petrificado bajo el sol ardiente y debía estar muy excitado porque ni siquiera me di cuenta de que estaba empapado en sudor; en ese estado volví al refugio: «¡Mamá! ¡Parece que ya se ha acabado la guerra!», «¡Oh! Así, papá, ¿volverá a casa?», dijo primero mi hermana pequeña que se estaba despiojando el pelo con un peine; mi madre permaneció en silencio mientras se daba un masaje con talco en las delgadas rodillas y, sólo instantes después, dijo una única frase: «Habrá que tener cuidado.»

«¡Oye! ¡Están arrojando algo, los b-29!», gritó mi hermana; yo estaba dentro, en el calor bochornoso del refugio, e intentaba refrescarme soplándome el pecho, ¿otra vez bombas?, «¡Entra rápido, estúpida!», «¡Que no! ¡Que son paracaídas!», cuando saqué medrosamente la cabeza, anochecía; el monte Rokkô estaba teñido de los colores rojizos del atardecer que contrastaban con el azul profundo del cielo sobre el mar, allí donde se iba fundiendo la formación de tres b-29 que se alejaba; al levantar los ojos, justo sobre mí y extendiéndose hacia el oeste, innumerables paracaídas, magníficamente abiertos y solapados unos con otros, se deslizaban con una ligera inclinación, como con voluntad propia, hacia el oeste.

Ieyasu fundó el shogunato Tokugawa que continuaría hasta la época Meiji (1868). *(N. de los T.)*

Sin duda por miedo, mi hermana se me había aferrado y yo la rodeé con mis brazos; nos agachamos como prevención, «¿Qué habrán tirado?», la voz me temblaba: la nueva bomba que habían arrojado sobre Hiroshima decían que era atómica, y también que cayó en paracaídas, claro que, ¡cómo iban a arrojar tantas! Además, antes de posarse sobre las ruinas calcinadas que se divisaban a lo lejos, los paracaídas reducían la velocidad e iban aterrizando ladeados, como si se deslizaran y, como en aquella hora de calma crepuscular no corría ni un soplo de viento sobre la superficie de la tierra, quedaban inmóviles.

Un hombre que cargaba una pala a la espalda como un fusil y una anciana cubierta con capucha pese al calor iban señalando los paracaídas mientras entraban y salían de una barraca hecha con chapas de zinc; en aquel silencio extraño, el primero en echar a correr fue un niño con el torso desnudo que debía estar en primero de bachillerato; a pesar del miedo, también yo tenía curiosidad y decidí acercarme; el más próximo había caído en una antigua pista de tenis convertida en campo de boniatos; en el centro del paracaídas, la tela mostraba una protuberancia y por debajo se adivinaba un bulto, ¿sería una bomba?, sabíamos que aquélla era la carga, pero nadie se atrevía a aproximarse, «¡No se acerquen! ¡Aléjense! ¡Atrás!», vociferaba un policía a través del megáfono, dando vueltas en bicicleta a su alrededor; yo me subí a un árbol que se había salvado de las llamas para investigar; al dirigir la mirada hacia el oeste, vi unos bultos blancos, parecidos a charcos, en las hoyas producidas por las bombas, que se extendían a lo largo de la carretera nacional, «¡Caramba! ¡Los hay a montones!», enseguida comuniqué mi hallazgo; había fardos blancos rodeados por multitud de personas y otros que, cerca del mar, en una zona alejada de la carretera nacional, habían pasado desapercibidos, «¡Ha caído uno cerca de mi casa!», una anciana apareció pidiendo ayuda, «¿Qué es lo que dice que ha caído?», pese a que todos teníamos la vista clavada en los paracaídas, nadie osaba comprobar la naturaleza de su carga, «Parece un tonel de cuatro to. Tengo unos huevos en el refugio. ¿Creéis que puedo ir a buscarlos sin peligro?» Nos aterraban las bombas sin estallar y las bombas de explosión retardada, de modo que nadie quería arriesgarse a ir más allá de contemplar con pánico aquellos fantasmas blancos que danzaban, de vez en cuando, hinchados por un débil soplo de viento.

¡Tac!, ¡tac!, ¡tac!, con aquel taconeo llegaban los soldados a paso ligero. ¡Uff!, pensé que se trataba del cuerpo de zapadores que venía a desactivar las bombas, pero en cuanto dirigí hacia ellos una mirada vi que era una decena de hombres, a pecho descubierto, sin fusil ni bayoneta; se dispersaron en torno a los paracaídas y los agarraron sin vacilar: el corro de espectadores se estrechó en un instante; al retirar la tela blanca aparecieron unos bidones de color caqui; había visto muchos calcinados, pero aquéllos eran nuevos y brillantes y en su superficie había escritas unas pequeñas cifras y letras en inglés; los soldados se agruparon de tres en tres, los tumbaron y los hicieron rodar por el campo de boniatos ignorando los bancales llenos de hojas; al fin, cuando alguien se atrevió a preguntar, «¿Qué hay dentro? ¿No son bombas?», «Los han arrojado para los prisioneros. ¡Son precavidos, estos americanos!»

Había un campo de prisioneros en Wakihama y a menudo los había visto transportando cargas o efectuando otros trabajos, así que, ¿aquello era para los prisioneros?, «A partir de hoy, los prisioneros somos nosotros», dijo otro en tono desenvuelto, sacó un paquete de tabaco, «Es bueno, este regalo de Roosevelt, ¡no!, de Truman», y le dio un cigarrillo a un tipo de protección civil, «Aquí dentro hay de todo»; el bidón había llegado ya al borde de la carretera nacional, lo hicieron rodar a patadas hasta una carreta y lo subieron a empellones; en cuanto ésta hubo desaparecido con estrépito, el corro se dispersó; los bidones del tesoro contenían cualquier cosa, «¡Si es para los prisioneros, nos lo quedamos nosotros!», más que de un sentimiento de hostilidad, se trataba de hambre; eché a correr hacia los bultos blancos que había localizado al otro lado de la carretera nacional, hacia el mar; anochecía y las ruinas calcinadas pronto se sumergirían en la oscuridad: durante el ataque aéreo del cinco de junio, había corrido en

busca de refugio entre las tinieblas de una humareda negra como la noche, igual que ahora, pero
hasta la misma víspera huía de todo lo que caía del
cielo, mientras que en ese instante lo estaba persiguiendo, los paracaídas blancos como objetivo,
pero los adultos pululaban ya como hormigas en
torno a los bidones, luchaban por abrirlos, fuera
como fuese, con martillos y palancas de hierro, y me
ahuyentaban a gritos con sólo mirarlos desde lejos;
en el camino de regreso al refugio, en la oscuridad,
el chillido estridente de la anciana que antes se preocupaba por los huevos, «¡Ha caído en mi terreno y
es mío! No os lo daré de ninguna manera, ¡fuera!,
¡largaos!»

El ejército intervino: había suficiente para todos, incluso compartiéndolo con los prisioneros,
los presidentes de las asociaciones de vecinos serían
los responsables de repartir equitativamente los víveres, así que debíamos declarar cualquier objeto que
no fuera comestible y zanjar el asunto cuanto antes
porque el ejército americano llegaría de un momento a otro y, si lo descubría, podía ejecutarnos; nos
amenazaron con estas palabras y distribuyeron dos
bidones por asociación de vecinos, aunque los tipe-
jos que ya habían logrado abrir alguno se quedaron,
por supuesto, con lo que habían pillado; el reparto
tuvo lugar al día siguiente por la tarde en la plaza,
frente al centro de jóvenes: dentro de los bidones
había unos paquetes envueltos en un papel verde y
no teníamos la menor idea de lo que podían conte-

ner, «¿Hay alguien que entienda el inglés?», preguntó el presidente de la asociación de vecinos con una sonrisa irónica, pero los intelectuales espabilados ya habían huido de la ciudad, y los que quedaban, gente que vivía en el barrio desde generaciones, eran hojalateros, carpinteros, sastres, estanqueros, tenderos, el prior de la secta *Konkô-kyô*,[28] los maestros de escuela; yo, como responsable de los entrenamientos de protección civil contra los ataques aéreos, estaba acostumbarado a gallear entre adultos, pero era una nulidad en inglés, «Bueno, los abriremos uno a uno para que no haya injusticias», cada bidón contenía un solo tipo de producto, fuera tabaco o zapatos, pero, por lo visto, las asociaciones de vecinos ya se los habían repartido previamente; abrieron una caja larga y en su interior aparecieron, dispuestos de forma semejante a las fiambreras de los niños, queso, judías en conserva, papel higiénico de color verde, tres cigarrillos, chicles, chocolate, galletas, pastillas de jabón, cerillas, mermelada, confitura y tres tabletas blancas; de estas cajas, tocaban a tres por familia; luego abrieron unas latas cilíndricas atiborradas de queso, o tocino, o jamón, o judías, o bien de azúcar; yo hubiera deseado acapararlo todo, matando incluso si fuera necesario, pero los demás debían pensar lo mismo, porque cuando vaciaron el azúcar en una caja de cartón se

[28] Una de las trece sectas que componen el sintoísmo. *(N. de los T.)*

levantó un suspiro general, «El lujo es nuestro enemigo», «No tenemos ningún deseo hasta el día de la victoria», cada vez que leía estos eslóganes, pensaba que se referían al azúcar, ¡el azúcar!, aquel lujo del que disfrutaríamos hasta la saciedad en cuanto ganáramos la guerra, pero que nos llegó caído del cielo precisamente el día de la derrota y, además, recibimos muchos otros tesoros, como aquellos dos puñados de hebras negras, finas y rizadas, que no pudimos identificar, aunque no era aquél momento de indagaciones: cualquiera hubiera guardado con celo todo lo que salía de la caja verde, tras comparar la cantidad recibida con la de los demás, aunque hubiera sido arena. Había incluso algodón hidrófilo y, cuando una mujer con gafas propuso que lo repartieran entre las mujeres, el responsable de protección civil se opuso, indignado, con una sola frase: «¡Nada de privilegios!»; el algodón hidrófilo, imaginaba de una forma vaga para qué lo querían las mujeres; después de que ardiera nuestra casa, mi madre fue a la farmacia a pedir consejo: «La regla se me retrasa», una mujer de su misma edad añadió: «Sí, a mí también», discutieron con el farmacéutico sobre un tema que las avergonzaba y, al fin: «Claro que, como no hay algodón, es más cómodo no tenerla»; después de los bombardeos y otros desastres de la guerra, parece que aumentó el número de mujeres a quienes se les retiró la menstruación.

«Los americanos llegarán de un momento a otro y estas raciones especiales se las hemos escamoteado a los prisioneros, así que deben consumirlas, por lo que pudiera suceder, lo antes posible», nos advirtió el presidente de la asociación de vecinos; yo volví al refugio e insistí en ello, ya que alargar al máximo los víveres como prevención a la escasez se había convertido en una costumbre y si aquel día me hubieran dicho que sólo había judías para comer, creo que me habría echado a llorar con los ojos clavados en las raciones recibidas, ¡hacía tanto tiempo que pasábamos privaciones! Por lo tanto, el hecho de que no probara siquiera un poco de azúcar en el camino de regreso era una prueba de la excitación que sentía, impaciente por volver a casa y mostrar las provisiones como si fueran una hazaña personal.

Mi madre siguió mis indicaciones e hizo una ofrenda de galletas y cigarrillos ante la fotografía de mi padre en un rincón del refugio; una vez hube saboreado el racionamiento especial americano, me pregunté qué pensaría mi padre, si su alma estuviera presente en el altar, sobre aquella historia grotesca de ofrecerle unos víveres que habíamos sisado a los diablos anglosajones que le habían dado muerte.

Y esto, ¿qué debe ser?, me dije en cuanto me hube serenado; aquellos hilillos negros debían de cocerse, pero ni oliéndolos ni lamiéndolos podía adivinarse de qué se trataba, «¡Voy a preguntar!», sólo tenía una obsesión: ¡comer!, salí corriendo a consultar a la mujer de la tintorería que vivía allí cerca. También en su casa se preguntaban lo mismo,

«De todas formas, seguro que tienen que escaldarse. Se parecen mucho a las algas *hijiki*»,[29] ¡ah, claro!, cierto, yo había comido antes arroz acompañado de *hijiki* y *aburaage*[30] y decían que estas algas eran muy apreciadas por los comerciantes de Osaka. Inmediatamente prendí fuego en el hornillo de barro roto, recompuesto con alambre, puse encima una olla que habíamos podido rescatar del fuego y eché las algas en el agua hirviendo: el agua se tiñó en un santiamén de un color marrón-rojizo, «¿Las *hijiki* siempre hacen eso?», pregunté a mi madre que se acercó arrastrando su pierna enferma, «Está saliendo el amargor. Parece que el de las algas de América es muy fuerte», vertí el agua con cuidado y la cambié, pero aquel tinte marronoso no desaparecía; a la cuarta vez, el color del agua empezó a aclararse, de modo que las sazoné con sal gema y, una vez se hubo formado una pasta espesa, las probé: estaban tan duras que apenas se les podía hincar el diente y tenían muy mal sabor; hablando de alimentos infectos, algo tan desagradable como el *Kaihômen*[31] con *udon*[32] negro era delicioso en comparación, aunque me esforzara en masticarlas, se me adherían al paladar y apenas podía tragarlas, «¿Qué pasa? ¿No están buenas? Quizá las hayas cocido demasiado», mi

---

[29] Algas finas y cortas parecidas a hilillos. *(N. de los T.)*
[30] Cuajada de soja cortada fina y frita. *(N. de los T.)*
[31] Pasta de algas. *(N. de los T.)*
[32] Fideos gruesos que se comen con caldo. *(N. de los T.)*

madre y mi hermana también quisieron probarlas y, al hacerlo, en su cara se dibujó una mueca extraña, «¡Vaya! ¡También en América comen porquerías!», murmuró mi madre; con todo, no quisimos tirarlas y, como pensamos que al estar hervidas no se estropearían, las dejamos en la olla y masticamos un chicle para quitarnos el mal sabor de boca; aquellas *hijiki* americanas, nadie supo cómo cocinarlas. Tres días después, cuando el presidente de la asociación de vecinos, que se informó a través de unos soldados, nos explicó: «Se llama *black tea* y son las hojas de un té rojo que toman los americanos», ya no quedaba ni una hoja por ninguna parte.

Los callejones que corrían entre las ruinas calcinadas estaban repletos de envoltorios plateados de chicle, ya que eran chicles lo que contenía el bidón que saquearon en primer lugar; por más que se esforzaran en masticar, su número era interminable; podía ser peligroso cuando llegaran los americanos y, además, tenían ya las mandíbulas exhaustas, así que se los dieron en grandes cantidades a los niños, quienes los masticaban como si fuera canela y los tiraban en cuanto desaparecía el sabor dulzón; al principio, alisaban cuidadosamente el papel plateado, como si hicieran *origami*,[33] y lo guardaban con celo, pero había tantos que pronto perdieron la gracia y los papeles arrugados empezaron a extenderse por toda la superficie de las calles, que parecían cubier-

---

[33] Arte tradicional japonés de la papiroflexia. *(N. de los T.)*

tas por la nieve y centelleaban bajo el sol del verano; «Esconder la cabeza y mostrar el trasero»: en cuanto los americanos vieran los papeles, se enterarían de todo, aunque nadie pareció considerar esta posibilidad; las raciones especiales pronto desaparecieron y sólo el azúcar, que comíamos con tiento, quedó hasta el final, sin embargo, aun después de haber vuelto al *zôsui* o al *suiton*, los envoltorios plateados de chicle, semejantes a los desechos multicolores que llenan los santuarios shintoístas después de una festividad, eran testimonio del sueño del racionamiento especial americano en aquel monótono paisaje de color pardo.

Para Toshio, América era el *hijiki* americano, la nieve que cayó en pleno verano sobre las ruinas calcinadas, las nalgas musculosas de los soldados enfundadas en tela de gabardina, aquella mano gruesa que le tendió un americano diciendo «*squeeze*», los chicles que substituían al arroz como racionamiento para una semana, el «*have a good time*», Mac Arthur junto al emperador que sólo le llegaba al hombro, el «*kyuu-kyuu*» como emblema de la amistad americano-nipona, la lata de media libra de MJB, el DDT con que lo roció un soldado negro en una estación, el bulldozer solitario que desescombraba las ruinas, las «cañas de pescar» de los jeeps, el árbol de Navidad decorado con luces intermitentes del hogar de unos civiles americanos.

A petición de Kyôko, decidió enviar el coche de la empresa a Haneda para recibir a los Higgins,

«Toshio, tú también vendrás con nosotros, ¿verdad?», le insistió ella y, ya que negarse a ir argumentando que estaba ocupado le pareció un pretexto muy pobre y temía que, si se empecinaba en no acompañarlos, ella acabara por descubrir sus auténticas razones: «¿Por qué tienes tanto miedo?», fueron juntos al ajetreado aeropuerto, donde una Kyôko orgullosa de su experiencia única de viajar al extranjero andaba con aire experto por la terminal de vuelos internacionales, «¿Te acuerdas, Keichan? Allí cogimos el avión. Y aquí detrás está la aduana», «Yo estaré en el bar», aún faltaba bastante tiempo para la llegada del vuelo, por eso Toshio subió por las escaleras mecánicas hasta la primera planta, «Un whisky solo doble», y se lo bebió de un trago como un alcóholico, «No pienso hablar en inglés por nada del mundo», era la primera decisión que había tomado aquella mañana al despertarse; más que hablar, que tampoco podía, se trataba de que aquella conversación compuesta de los barboteos de la época de Nakanoshima no reviviera de improviso y que, atolondrado, no dejara escapar alguna palabra, «Nada, desde el principio: *Irasshai*,[34] o bien *Konnichiwa*.[35] Los Higgins se quedarán atónitos sin saber qué responder, pero ¡ya que vienen a Japón, que hablen japonés! ¡No pienso decirles ni siquiera *Good night*!», mientras bebía, se le cal-

[34] Bienvenido. *(N. de los T.)*
[35] Buenas tardes. *(N. de los T.)*

mó la inquietud que había sentido desde aquella mañana y, a cambio, lo poseyó un espíritu de lo más combativo.

Un joven americano con barba, vestido con pantalones de algodón y sandalias de goma como si hubiera ido a visitar el pueblo vecino, una pareja de estatura formidable, un hombre de mediana edad de aspecto resuelto andando a paso rápido y seguro que parecía haber estado ya allí en muchas ocasiones y, mezclados con aquellos extranjeros, los turistas japoneses y sus consabidos ojos rasgados y su piel poco clara y la sonrisa de oreja a oreja y los *nisei*[36] de Hawai, de pelo abundante y cara mofletuda: todos aparecieron juntos por la puerta de llegada; «*Hi, Higgins-san!*», Kyôko soltó un gritito agudo al ver un hombre de barba blanca que le era familiar, vestido con chaqueta azul marino, pantalones grises y corbata de piel, y a una mujer mayor con los labios pintados de un rojo chillón, más menuda de lo que aparentaba en las fotografías; ellos se acercaron asintiendo con la cabeza como diciendo, «Ya, ya», abrazaron a Kyôko y acariciaron la cabeza de Keiichi; aparentemente, Kyôko tenía dificultades con su inglés, ya que sólo atinó a decir: «*How are you?*», y se quedó pasmada con aire embarazado; tal vez para distraer su incomodidad señaló a Toshio: «*My hus-*

---

[36] Literalmente, segunda generación. Hijos de emigrantes japoneses que nacieron ya en el extranjero y que tienen la nacionalidad del país en que nacieron. *(N. de los T.)*

band», Toshio arqueó el pecho, le tendió la mano al señor Higgins y, lo dijo con voz enronquecida: «*Irasshai!*», pero, «*Konnichiwa. Hajimemashite*»;[37] aunque quizá no mostrara un gran dominio de la lengua, el señor Higgins, al fin y al cabo, lo había saludado en japonés, algo que él ni siquiera había imaginado; Toshio se sorprendió hasta el extremo de atolondrarse y, sintiéndose obligado a decir a cambio algo en inglés, reunió unas palabras sueltas al azar, «*Wellcome, very good*», una frase deslavazada; el señor Higgins sonrió, «*Totemo ureshii desu. Nippon korarete*»,[38] «No..., al contrario...», tartamudeó Toshio; Kyôko, con la señora Higgins, hablaba en inglés a trancas y barrancas acompañando sus palabras con gran profusión de mímica. La señora Higgins se dirigió a Toshio con un «*How are you?*», y él respondió lo mismo, ¿a dónde había ido a parar su firme resolución?

Tomando el «*Lady First*» como pretexto, Toshio instaló al matrimonio y a Kyôko en los asientos traseros, y él montó junto al chófer con Keiichi, «¡Qué malo es usted, señor Higgins! Habla japonés y en Hawai no me dijo nada», dijo Kyôko, «No, es que entonces no me atreví, pero cuando decidimos venir a Japón, me esforcé en recordarlo», y añadió que durante la guerra había estado en el departamento de japonés de la Universidad de Michigan,

---

[37] Buenas tardes. Encantado. *(N. de los T.)*
[38] Estoy muy contento de estar en Japón. *(N. de los T.)*

donde aprendió conversación japonesa, y que en el año veintiuno de *Shôwa*[39] había permanecido seis meses en Japón con el ejército de ocupación. Precisamente, habían corrido rumores de que ciertos americanos deambulaban por las calles simulando no hablar japonés y que, en cuanto detectaban a alguien hablando mal de los Estados Unidos, lo deportaban a trabajos forzados en Okinawa. Al preguntarle sobre su trabajo en Japón, el señor Higgins repuso que era algo relacionado con la prensa; el año ventiuno de *Shôwa* Japón estaba cubierto de ruinas calcinadas y, mientras corrían por la autopista de regreso del aeropuerto de Haneda, Toshio se sintió tentado de decirle con orgullo: «¿Qué le parece? Japón ha cambiado, ¿verdad?»; lo normal hubiera sido que fuese él quien se sorprendiera en primer lugar, pero era su esposa quien, cada vez que Kyôko le hablaba sobre la iluminación de la torre de Tokyo o sobre los rascacielos que se divisaban a lo lejos, decía: «*Wonderful!*», mientras que el señor Higgins permanecía en silencio, «Señor Higgins, ¿usted bebe?», «¡Sí!», asintió muy contento y le ofreció un puro a Toshio que se había vuelto hacia él, «*Sankyuu*», dijo en inglés, ya sin reticencias; sin embargo, el puro había que fumarlo tras cortar la punta con unas tijeras, aunque los oficiales americanos la arrancaban de un mordisco y luego la escupían al suelo; no sabía qué hacer con el puro y,

[39] Año 1946. (*N. de los T.*)

cuando miró al señor Higgins, vio que lo estaba lamiendo concienzudamente, como si no existiera nada más, con una lengua enorme, parecía un animal; hizo ademán de buscar las cerillas y Toshio le ofreció precipitadamente su encendedor.

«Esto es Ginza»,[40] el coche había dejado la autopista y se dirigía a su casa en Yotsuya; al enfilar Ginza-yonchôme, Toshio no pudo ya contenerse y empezó a desempeñar el papel de guía; pensó que se sorprenderían ante la inundación de luces de neón, las cuales, decían, superaban en magnificencia a las de Nueva York y Hollywood, pero, «¡Ah, Ginza! Sí, la conozco. Aquí había un P.X.»,[41] el coche pasó veloz por delante, sin darle tiempo a Toshio a señalar el edificio de Wakô[42] que ocupaba ahora aquel emplazamiento, «¿Les gustaría cenar en Ginza?», se le ocurrió de repente; Kyôko asintió complacida, a pesar de que tenía la cena ya lista en casa, los Higgins descendieron alegremente del coche como si lo dejaran todo en manos de Toshio.

¿Sería mejor un restaurante como el K. o el L., con cocineros occidentales, o comer quizá *sukiya-*

[40] Una de las calles más famosas de Tokyo conocida por sus lujosos comercios, cafés... *(N. de los T.)*
[41] Post Exchange. Tienda que pertenecía al ejército americano donde los americanos adquirían, especialmente, comidas y bebidas. *(N. de los T.)*
[42] Grandes almacenes de lujo donde se venden productos de marca. *(N. de los T.)*

ki[43] o *tempura?*,[44] y mientras Toshio dudaba, «¿No hay ningún lugar donde hagan *sushi?*,[45] «¡Cómo! ¿Les gusta el *sushi*?», «Sí, en América también comemos *sushi*: en Kamezushi, Kiyozushi... y muy bueno»; la señora Higgins parecía sorprendida, con razón, ante las riadas de gente e interrogaba continuamente a su marido: «Mi señora pregunta si hay alguna festividad», le dijo él, riendo, a Toshio, quien deseó seguir la conversación contestando algo ingenioso, pero en inglés no podía hablar con libertad, «*Arways rashu*, ¿no?», le explicó en *panglish*,[46] ¿lo habría entendido?, ella asintió y le habló con locuacidad mientras Toshio asentía, sin entender nada, limitándose a dibujar un *japanese smile*[47] en sus labios.

El matrimonio sostenía los palillos por el extremo superior y comía el *sushi* manejándolos con destreza, «En Estados Unidos también se llaman *toro*, *kohada*, *kappamaki*»,[48] tomaban incluso té verde y

---

[43] Carne cocida con gran cantidad de verduras. Uno de los platos más afines a la cocina occidental. *(N. de los T.)*

[44] Pescado y verduras rebozados. Es un plato de origen portugués. *(N. de los T.)*

[45] Bolas de arroz adobadas en vinagre, a veces envueltas en alga seca—*nori*—, que se comen con una lonja de pescado crudo o tortilla. *(N. de los T.)*

[46] Contracción entre *panpan* y *english*. *(N. de los T.)*

[47] Sonrisa de circunstancias que los japoneses suelen emplear cuando se sienten violentos. *(N. de los T.)*

[48] *Toro* y *kohada* son tipos de pescado, la parte del vientre

estaban tan relajados que parecían llevar muchos años en Japón, «El señor Higgins y yo iremos a tomar una copa. Id vosotras delante», y al preguntarle al señor Higgins si estaba de acuerdo, «¡Síí!», asintió con una sonrisa, «Pero, estarán cansados y, además, me sabe mal por ella», protestó Kyôko, pero la señora Higgins pareció aceptar las explicaciones de su marido, «*Stag party!*», insistió Toshio de nuevo, aunque no hiciera ninguna falta. «Bueno, pues nosotras iremos de compras», le dijo Kyôko a la señora Higgins en un inglés bastante torpe y, tras advertirle el acostumbrado: «¡No vuelvas tarde!», echaron a andar con Keiichi; la señora Higgins remarcó, como si le llamara la atención: «Este niño está levantado hasta muy tarde, ¿no cree? ¿Está bien?», «¡Ah, es verdad! En América, cuando el matrimonio sale, los niños se quedan en casa. Lo sé porque en *Blondie*[49] lo hacían así», y Toshio se sintió de pronto avergonzado.

Entraron en un club nocturno adonde solía llevar a los buenos clientes, «¡Caramba! ¿Qué ha pasado? ¿Ahora trabajas con extranjeros?», y Toshio, precipitadamente, «No. El señor ya había estado en Japón. Habla muy bien japonés», advirtió antes de que cometieran alguna descortesía, pero el encargado, al ver que su cliente era extranjero, les presentó

---

del atún y sábalo, respectivamente. *Kappamaki* son bolas de arroz envueltas en alga *nori* que contienen pepino. *(N. de los T.)*
[49] Cómic americano. *(N. de los T.)*

a dos chicas que hablaban inglés; Toshio, que no las conocía, permaneció callado con aire incómodo, mientras el señor Higgins, liberado de una lengua a la que no estaba habituado, hablaba con entusiasmo, «¡El inglés de estas señoritas es excelente!», empezó cantando sus alabanzas, pero pronto empezó a rodearlas por los hombros con el brazo, a cogerles la mano, «¡Anda! ¡Qué tipo más mujeriego!», pensó Toshio y le dio la impresión de que el servicio no sería completo si no le presentaba a muchas otras chicas, mañana le traeré una *call girl*, recordó a un individuo relacionado con ese mundo con quien había tenido tratos debido a sus clientes, «Señor Higgins, ¿tiene algún plan para mañana?», él sacó la agenda y se la mostró a Toshio, «A las dos voy al Press Club, y a las cinco veré a un amigo de la CBS y cenaré con él. ¿Por qué?», a Toshio le desagradó que tuviera más conocidos en Japón de lo que imaginaba, «Aunque sea de noche, no importa. He pensado presentarle a una *nice girl*», «Gracias», no parecía muy contento, «¿Le va bien después de haber cenado con su amigo de la CBS?», «¿A qué hora?», «Pues, alrededor de las ocho», «O.K.»; Toshio se levantó con diligencia, como si de un importante negocio se tratara, y telefoneó al patrón de las *call girls*, «Es extranjero. Es viejo, creo que lo mejor sería una chica jovencita», el patrón observó que, tratándose de un extranjero, la tarifa aumentaba en un cincuenta por ciento, pero le prometió a cambio una chica de formas ampulosas; Toshio pidió otra para él y fijaron la cita en un hotel del barrio de Sugamo.[50]

Higgins se hacía llenar los vasos de whisky hasta la mitad y los vaciaba de un solo trago sin emborracharse en absoluto; sacó un sobre de dorso rígido de una cartera de mano de la que no había querido desprenderse cuando Toshio le ofreció llevarla en el transporte de equipajes, «Son desnudos. Yo he hecho las fotografías», y Toshio vio unas chicas con las piernas abiertas en actitud provocativa; Higgins las puso sobre la mesa, entre las bandejas de fruta, y dijo, mientras miraba divertido a las chicas que se reían con grandes aspavientos: «Soy buen fotógrafo, ¿verdad? Hice muchas cuando estuve en Japón», ¿obligó a las chicas a desnudarse a cambio de chicles, chocolate o medias?, Toshio se sintió tentado de buscar camorra, pero se le pasó pronto el coraje al captar su atención una fotografía casi pornográfica de una rubia. Ante los ojos de Toshio había saltado una pequeña salpicadura de inmundicia; lanzó una mirada casual hacia el señor Higgins, quien había introducido entre sus dientes una goma elástica y la hacía saltar arrastrando lo que tenía incrustado, cada vez que soltaba la goma, algo salía despedido, imposible adivinar qué era, tal vez saliva o restos de la cena; las chicas, asqueadas, lo iban limpiando, pero nadie le recriminó la grosería.

[50] Barrio donde se encontraba la cárcel en la que fueron encarcelados, juzgados y ejecutados los criminales de guerra japoneses entre finales de 1945 y principios de 1946. (*N. de los T.*)

Después fueron juntos a dos bares más, pero Higgins siguió con la cabeza perfectamente lúcida y bebía con naturalidad el whisky a grandes tragos; en el coche cantaron a dúo «*You are my sunshine*» y, cuando llegaron a casa, ya habían dado las tres de la madrugada; Toshio acompañó a Higgins a una habitación del primer piso y, al acostarse junto a Kyôko y Keiichi, que ya estaban dormidos, descubrió esparcidos al lado de la almohada lo que parecían ser los regalos: chicle, galletas, un frasco de perfume, coñac y un *mumu* barato como los que llevan los indígenas de Hawai.

Con una horrible resaca, Toshio llamó a la empresa para decir que llegaría tarde y, mientras mascaba unos analgésicos para calmar el dolor de cabeza, saludó a los Higgins, que ya estaban levantados; él no presentaba secuela alguna de la borrachera de la noche anterior y estaba contemplando el césped, «Sería mejor cortarlo un poco, ¿verdad?», Kyôko había ordenado a conciencia el interior de la casa, pero no había podido atender el jardín y, sí, era indiscutible: la hierba había crecido en desorden y, aquí y allá, se veían excrementos secos de perro. Los Higgins pidieron té japonés, rechazando de forma categórica el café frío que había preparado Kyôko con intención de agasajarlos, y sólo comieron pan de molde, sin tocar ni la ensalada ni los huevos fritos, «¿Por aquí no venden periódicos en inglés?», ciertamente, podría adquirirlos en el quiosco, pero Toshio se sentía demasiado lánguido para molestarse en ir a comprarlos, «Hoy iré a ver teatro *kabuki* con la señora Higgins. Dice que su marido tiene un asunto que resolver, se lo he preguntado hace un rato», Kyôko añadió que ellas cenarían fuera y le preguntó qué pensaba hacer él; como era lógico, no podía decirle que pensaba ir de picos pardos con el señor Higgins y como éste, que permanecía en silencio lamiendo otro puro, debía estar oyendo la conversación, Toshio ni siquiera dijo que irían juntos a alguna parte, «No te preocupes, ya me espabilaré»; la señora Higgins había agarrado a Keiichi y le enseñaba con insistencia la pronunciación inglesa: «*Good morning. How are you?*», y aunque Keiichi lo repetía desastrosamente mal, una vez tras otra, con cara de fastidio, ella no cejaba en su propósito, «¿Y si dejaras a Keiichi con tu madre?», le preguntó en voz baja a Kyôko en la cocina, «Pero, ¿por qué? Mi madre no se encuentra bien, ya lo sabes», «Es que llegaréis tarde por la noche y el niño no se tendrá en pie. Además cogerá la mala costumbre de trasnochar», «No te preocupes, se lleva muy bien con la señora Higgins, y así aprenderá inglés, aunque sea un poco. O si no, ¿por qué no llegas temprano y te encargas tú de él?», dijo con aspereza, interpretando, tal vez, que le reprochaba su salida con la señora Higgins, «Dices que es mejor no acostarlo tarde, pero habitualmente, cuando tú llegas a las tantas, tampoco quiere dormirse, porque dice que quiere esperar a papá», la situación se había vuelto en su contra y Toshio decidió abandonar y salir al jardín; allí se oían los gritos entusiasmados del niño: el señor Higgins estaba pasando la máquina cortacésped que Toshio había comprado tras plantar la hierba en el jardín y que dormía en el trastero desde entonces, la manejaba con parsimonia, sosteniendo el puro entre los labios. Parecía la imagen de un póster, «¡Déjelo, señor Higgins!», y a Toshio, «¡Ya te dije que lo cortaras! Esta máquina es demasiado pesada para mí y no puedo manejarla, ¡qué vergüenza!», dijo Kyôko, malhumorada.

Ellas dos, con el niño, se marcharon poco después de mediodía diciendo que pasarían por el salón de belleza antes de ir a *kabuki*; a Toshio ya se le había pasado la resaca, pero no podía irse dejando solo al señor Higgins, «¿Quiere tomar una cerveza?», le dijo, con intención de entretenerlo, en cuanto éste hubo tomado un baño para refrescarse después de cortar el césped, «¿No tiene whisky?», sin pensárselo mucho, acompañó al señor Higgins y, ya desde el mediodía, empezó una auténtica juerga, porque después de que Higgins acudiera a su cita alrededor de las tres, no estaba ya en condiciones de ir al trabajo y siguió bebiendo él solo whisky con agua; sin saber qué hacer, se asomó al dormitorio del matrimonio en el primer piso: las ropas de la mujer estaban esparcidas en desorden por toda la habitación y, al mirar el interior de la maleta, vio más de diez bragas de colores llamativos que apenas podía creer que pertenecieran a aquella anciana.

A las siete de la tarde se encontraron en el hotel N. Toshio, ya ebrio, se divertía él solo, «Señor Higgins, si quiere puede quedarse con las dos. Le cedo la mía. Es que, mire, es la *Number One Girl*, ¿sabe? Porque es de caviar, *you know*? ¡De caviar! Sí, pues, ¡que lo tiene como el caviar!», el señor Higgins no lo entendía, «O sea, que su xxx, *you know?, it's like caviar!*», añadió: «Además es *de cesta de pulpos*», el señor Higgins parecía tener experiencia en este tipo de diversiones, porque esta vez lo comprendió y, soltando una risotada, dijo: «Yo conocía la expresión *lazo corredizo*»; en el hotel de Sugamo sólo estaba el chulo y las perspectivas parecían ser algo distintas de las promesas del día anterior, «Es que no hay tantas mujeres que acepten ir con extranjeros y he tenido poco tiempo. De todos modos, le he conseguido una. Es un poco vieja, ¿sabe usted?, pero eso sí, le garantizo su técnica», era una mujer de treinta y dos años que, según dijo, había trabajado en la base militar de Tachikawa. «¿Y la mía?», «Bueno, la chica está muy bien, aunque es todavía un poco novata», Toshio se ofreció a pagar el doble, pero ¿no podía arreglarlo?, se trataba de un cliente muy importante y una mujer de treinta y dos años podría muy bien no gustarle, además, tras haberle prometido una *Number One*, Toshio no podía ofrecerle una mujer más bien fea, imploró desesperadamente al chulo y, al fin, «Yo no puedo obligarla si no quiere, pero hablaré con ella», dijo dándose aires de importancia; Toshio insistió diciendo que no repararía en el precio y, cuando entró en la habitación, Higgins estaba sentado sobre el *tokonoma* para no pisar los *futon* que cubrían el suelo y examinaba su cámara: «¿A la señorita no le importará que le haga unas fotos?», si fuera un retrato, todavía, pero tratándose de fotografías pornográficas como las de la noche anterior, Toshio no sabía qué podría responder. «*O.K.*! Lo negociaré!», dijo como si él fuera el chulo; veinte minutos después aparecieron las dos mujeres; el patrón llamó a Toshio por señas, «Me ha costado, pero la he convencido. De todas formas, la tarifa será el doble», «¿Y fotos? ¿Se pueden hacer fotos?», «¿Fotos?», «Sí, de la chica desnuda. Él vuelve enseguida a Estados Unidos y no habrá ningún problema», «Eso de las fotos es asunto de ella. Discútanlo ustedes», dijo como dando por sentado que la respuesta sería negativa; la joven era una auténtica belleza, el cuerpo esbelto como el de una modelo; la especialista en occidentales, de mandíbula prominente y expresión dura, se sentó con aire malhumorado; ellas acababan de conocerse y Higgins permanecía sentado sin decir palabra; ante semejante panorama, a Toshio no le quedó más remedio que hacer de animador, «Puees..., ¿y tú cómo te llamas?», «Miyuki», respondió la joven, «El caballero», Toshio decidió que no era necesario dar un nombre falso, «es *mister* Higgins-san»; los condujo a la habitación de al lado, hizo entrar primero al señor Higgins y a ella le susurró: «A este extranjero le gusta mucho la fotografía y te quiere hacer una. Volverá enseguida a su país y tú figurarás en su álbum como representante de las mujeres japonesas. Además, por el dinero no hay...», la chica ni siquiera le dejó terminar, «¡Cómo! ¿Es una broma!», rehusó mirándolo severamente como si la idea hubiera sido suya, y cuando Toshio volvió desalentado a su habitación, allí estaba la «especialista en occidentales» en combinación de color negro; a Toshio no le apetecía lo más mínimo, pero, con ayuda del alcohol, cogió el ánimo suficiente para desnudarse y, al tumbarse, la mujer le dijo ronroneando como una gata: «Soy viuda», ¡quién sabe qué querría decir con eso!, y entre susurros y jadeos, se tendió sobre Toshio; su cacareada técnica consistía en buscar únicamente su propio placer, ¿era eso lo que había aprendido con los extranjeros?, lo besuqueaba por todas partes y le clavaba las uñas mientras Toshio se debatía con energía para evitar que le dejara en la piel huellas irrefutables de su infidelidad; en la habitación de al lado, mientras tanto, estaba Miyuki, a quien podía calificar de auténtica belleza, con el señor Higgins: desfilaron por su cabeza diversas escenas de lo que allí podía estar ocurriendo, que debía ser, imaginaba, completamente opuesto a lo que sucedía en su habitación, y sólo con el estímulo de estas imágenes logró llegar pronto al final; al bañarse, descubrió bajo los sobacos, en ambos brazos y también por el pecho unas ostentosas marcas de besos y, en un instante, se le pasó la borrachera.

Despidió a la «especialista en occidentales» y esperó al señor Higgins bebiendo cerveza de la nevera, pero como éste no aparecía, Toshio se acostó y se adormiló; se despertó de repente cuando entraron juntos en la habitación: Miyuki se arrimaba al señor Higgins y no quedaba rastro de su aspereza anterior.

«Higgins-san habla muy bien el japonés», afirmó Miyuki, «Muchas gracias», dijo él mientras rebobinaba la película de la cámara, ¡así que hasta había logrado sacar las fotos!, el chulo llamó interesándose por cómo había ido y Toshio respondió que bien, «Tengo un *shiro-kuro* fantástico. ¿Al señor extranjero no le gustaría verlo? No encontrará un *show* igual en ninguna otra parte», treinta mil yenes, film porno incluido; en el tal *kuro* actuaba un hombre que había triunfado en Asakusa tiempo atrás y que, tras una temporada de inactividad, acababa de volver al mundo del espectáculo. Más que nada, su miembro era algo excepcional, digno de verse, «*Higgins-san, you know shiro-kuro?*», «No, no sé qué es eso», «Pues, es un *obscene show*, un *fucking show*», al chapurreárselo en inglés, Higgins lo entendió, «¡Ah, ya!», y se sonrió, «De acuerdo, sí, mañana a las seis», le dijo al chulo, «*Tomorrow* lo harán aquí. *Japanese Number One Penis*», y Higgins asintió sonriendo.

Estuvieron otra vez de copas por varios locales de Ginza; al señor Higgins no parecía incomodarle que lo invitara siempre, claro que, de haber hecho el ademán de sacar la cartera, Toshio se lo habría impedido poniéndose serio. Cuando abandonaron el último bar, uno de *sushi* que estaba en Roppongi, y volvieron a casa, Kyôko estaba despierta, «Hubieras podido decirme que salías con el señor Higgins», dijo en tono resentido, «yo preocupada porque tú no llegabas y ha tenido que ser la señora Higgins quien me lo dijera, que debíais estar tomándoos unas copas los dos juntos. ¡Y yo sin saber nada! ¡Me ha dado vergüenza!», y añadió que si todas las noches se iba de juerga hasta tan tarde, ¿no tendría problemas?, ¿descuidando el trabajo de aquella manera?, habían llamado varias veces, no sabía por qué; sus palabras le sonaron a reproche, «No se trata de que esté bien o esté mal. Eres tú quien los ha invitado y yo sólo intento entretenerlo. ¡No entiendo por qué, encima, te me quejas!», «¡Para entretenerlo no hace falta que te vayas con él de copas todas las noches hasta las tres o las cuatro de la madrugada! Es viejo y lo vas a agotar», Toshio sintió ganas de replicarle: «¡Que ése es viejo!, ¿en qué, según tú?», pero tuvo que callarse, «Y la buena mujer fisga incluso dentro de la nevera, ¡qué falta de educación!», ¿también en Estados Unidos existirá el espíritu de suegra?, desde luego, quien mal siembra, mal cosecha, y Kyôko, por haberlos invitado ella, no podía reprocharle nada y ahora se arrimaba a él, aunque Toshio, que con aquel calor no podía acostarse con la ropa interior sin que resultara extraño, pero tampoco podía desnudarse porque ella le hubiera visto las marcas de los chupetones, la apartó, «Voy a bañarme», «No puedes», al parecer, la señora Higgins se había bañado al estilo occidental y después había vaciado la bañera, «Me ha dado pereza llenarla otra vez y ni yo ni Keiichi nos hemos bañado. ¡Ya te bañarás mañana!», su tono era seco; Toshio se acostó sobre el *futon* y se consideró afortunado cuando ella se dio la vuelta.

Toshio estaba exhausto, con aquel cansancio característico de la embriaguez que le hacía sentir que se fundía en las tinieblas, pero una parte de sí mismo estaba muy lúcida, ¿por qué seré tan servicial con ese viejo?, ¿por qué, a su lado, siento la obligación de agasajarle? Es del país que mató a mi padre, ¡y no le guardo ningún rencor! Al contrario, siento incluso una especie de nostalgia, ¿por qué lo invito continuamente a beber?, ¿por qué le proporciono mujeres?, ¿quiero acaso borrar el pánico que sentí, con catorce años, al ver los cuerpos enormes de los soldados del ejército de ocupación?, ¿es que quiero recompensarlos por la ayuda que nos prestaron cuando, muertos de hambre, llovió del cielo el racionamiento especial en paracaídas, o cuando repartieron cascarilla de soja que, decían, usaban en los Estados Unidos como pienso para el ganado? La gente murmuraba que nos hacían comer sus excedentes agrícolas, pero de no enviar América aquel maíz y otros granos, ¿cuántas decenas de miles de personas más no hubieran muerto de hambre? Sí, pero, ¿por qué el señor Higgins despierta en mí toda esa nostalgia?, quizá hasta él añore aquella época, cuando llegó con el ejército de ocupación: la naturalidad con que se deja invitar, su manera, tan inexplicablemente descarada, de comportarse, claro que, si lo pienso mejor, Higgins llegó con el ejército de ocupación, en la flor de su juventud, quizá sea eso, que al volver a Japón, siente que ha regresado a aquellos tiempos, ¿y yo?, ¿por qué bailo al son de su música?, si hasta imito a los chulos ya adultos de entonces, ¿por qué lo hago?, ¿con qué razón?, ¿por qué me gusta hacerlo?, ¿qué gano bebiendo con un yanqui?, ¿es que también yo añoro aquella época?, ¡no, no puede ser!, tiempos de miseria en que me habitué a rumiar como una vaca, a regurgitar la comida dos o tres veces para poder saborearla de nuevo, y el día que fui a bañarme a la playa de Kôroen: un bote americano me persiguió mar adentro y a punto estuve de ahogarme, y en Nakanoshima un soldado me golpeó porque decía que la mujer había huido; da igual el ángulo desde el que lo mire, no guardo ni un solo recuerdo agradable de aquellos tiempos. Mi madre acabó muriendo de debilidad a causa de la devastación de la guerra y yo viví experiencias horribles con mi hermana a mi cuidado. Según se mire, Estados Unidos tiene la culpa de todo. Entonces, ¿por qué, en cuanto veo al señor Higgins, me desvivo en servirle?, ¿por qué?, ¿acaso soy una virgen violada por un hombre al que aborrece, pero al que no puede olvidar?

Al día siguiente, Kyôko había recuperado su

buen humor y me anunció que, puesto que la señora Higgins había insistido en ello, recorrerían Tokyo en el autobús turístico, «Tenemos que apro-
vechar esta oportunidad. Si no, Keiichi tampoco
conocerá nada de Tokyo, ni siquiera el templo de
Sengaku-ji»,[51] también a Kyôko parecía entusiamar-
le la idea, «¿Y tú qué harás? ¿Hoy también sales con
el señor Higgins?», «Sí», «Intenta volver temprano.
Me gustaría que hoy cenáramos en casa»; el señor
Higgins, siempre madrugador, había salido de paseo él solo pese a no conocer el barrio, «Hay una
iglesia cristiana muy bonita», dijo contento bebién-
dose un whisky; Toshio, que se enorgullecía de su
aguante con el alcohol, era incapaz de seguir aquel
ritmo. Como ya no podía desatender más su trabajo,
le propuso salir juntos de casa, pero Higgins: «Yo
me quedaré un rato más, váyase usted», dijo, des-
preocupado, y a Toshio no le quedó otra opción que
dejarle la llave advirtiéndole que cerrara bien al salir; el señor Higgins no mostró incomodidad alguna, como un parásito de años.

Cuando habló de los americanos con la intención de justificar su ausencia del día anterior, los
empleados se sorprendieron, no tenían noticia de
las relaciones de Toshio con extranjeros, «¿Vamos a
introducirnos en el mercado americano? Valoran
mucho la técnica japonesa de los dibujos animados,

[51] Templo budista fundado en 1612, muy visitado por los
japoneses. (N. de los T.)

134

¿no es cierto?», empezaron a hacerle preguntas incongruentes que Toshio ni siquiera se molestó en responder, «¡Yo haré de intérprete!», dijo uno con los ojos brillantes, «Es sólo un matrimonio rico americano que ha venido de vacaciones», «¡Qué suerte! ¿Hace mucho que los conoce?», «Sí, desde los tiempos del ejército de ocupación», así lo sentía él a medias: tratándose de América, incluso un niño pertenecía, para Toshio, al ejército de ocupación, claro que los jóvenes no podían comprender ese sentimiento, porque para ellos los Estados Unidos eran como el templo de Zenkô-ji,[52] un lugar que había que visitar sin falta al menos una vez en la vida, una tierra donde se recibía la bendición divina transfigurada en prestigio, un paraíso al que viajar de balde gracias a conocidos.

Tal como habían convenido, volvieron al hotel de Sugamo; de camino, Toshio le preguntó a Higgins cómo le había ido el día anterior y éste le guiñó un ojo: «Un cuerpo muy bonito. Pero mis modelos americanas tienen formas más opulentas», parecía feliz ante la evidencia, ¡pues ya verás, ya, el *shirokuro show* del que se enorgullece Japón!, ¡y no te espantes ante la majestuosidad del *Number One Penis*!, Toshio aguardó, consumido por la impaciencia, la llegada del chulo acompañado del hombre y la mujer; un hombre más bien bajo y de edad pare-

---

[52] Templo budista fundado en el año 642 en la actual provincia de Nagano. *(N. de los T.)*

cida a la de Toshio, ella tendría veinticinco o ventiséis años; saludaron con ceremoniosa reverencia, «Tengan la bondad de esperar mientras nos cambiamos de ropa», se retiraron; «Me han dicho que es la primera vez que actúan delante de un extranjero. En fin, usted podrá comprobar que su miembro es algo excepcional, es tan enorme que yo, cada vez que lo veo, me siento acomplejado», dijo el chulo a modo de preámbulo; poco después entraron los dos vistiendo un *yukata* y se acostaron sobre el *futon*. Higgins no debía verlo bien, porque preguntó por señas si podía instalarse junto a la almohada, y el chulo: «¡Por supuesto! ¡Se lo ruego! Mírelo desde bien cerca y podrá apreciar las cuarenta y ocho técnicas japonesas», Toshio remarcó: «*Forty eight positions*», y el señor Higgins asintió con la cabeza.

El hombre empezó besando concienzudamente a la mujer: primero la boca, luego el cuello, los pechos; los jadeos de la mujer fueron acelerándose y, cuando se desprendía lentamente del *yukata* y afloraba su piel, ¡pataplaf!, Higgins, sentado sobre un montón de almohadones, con los ojos clavados en la pareja, debía atender con tanta expectación que rodó de lado y, aunque se incorporó sin el menor sonrojo, Toshio vibró con un sentimento de triunfo, ¡ajá!, ¡ahora te caes de culo!, ¿eh?, y de súbito descrifró sus anhelos: soy tan servil con el señor Higgins porque espero el instante de la victoria, quiero doblegarlo al precio que sea, da igual cómo, que se desplome borracho al suelo, que se enamore hasta el extravío de una mujer, quiero conseguir, como sea, que el señor Higgins, con su eterna sonrisa de suficiencia, su impasibilidad, quede fascinado hasta el delirio por algo de Japón y, así, sojuzgarlo; la mujer ya estaba completamente desnuda y, tras el preámbulo amoroso, ya no actuaba, parecía esperar, anhelante, al hombre; él le separó las piernas, se arrodilló ante ella y, al entreabrir su *yukata*, dejó emerger el pene. Era, efectivamente, el de un veterano: aún no estaba bravo de largo a largo, pero, con aquel color negro, tenía la magnificencia de un dragón enroscado desafiando la tormenta; el hombre se humedeció las manos con saliva y empezó a acariciarse el pene lentamente; Higgins miraba de hito en hito, estirando el cuello; ella, con gesto desesperado, aprisionó entre sus piernas la cintura del hombre e intentó atraerlo hacia sí, pero él persistía en su actitud casi de plegaria, logró tensar algo más la erección, pero estaba aún lejos de poder penetrar a la mujer y siguió masturbándose con la mano derecha mientras, con la izquierda, la acariciaba a ella; tras varios intentos, muy socorridos por Toshio cuando, borracho, no había nada que hacer, se puso, al fin, sobre la mujer; ella gimoteó, pero era obvio que no la había penetrado, ¿acaso eso también formaba parte del espectáculo?, el hombre mostraba un semblante irritado, se incorporó de nuevo y siguió masturbándose, pero su pene se mostraba más retraído aún que antes, muy lejos del *Number One*; la mujer, percatándose al fin de la situación, cambió

137

de postura y se lo llevó a la boca, pero fue en vano. Toshio buscó la mirada del chulo, éste inclinaba la cabeza con una expresión de extrañeza y una sonrisa amarga y, a los pies de Higgins, el rostro del hombre, sudoroso, reconcentrado, el entrecejo ceñudo; de tanto en tanto, extendía las piernas, las abría como una mujer; ella lo acariciaba con las yemas de los dedos, por el pecho, el interior de los muslos, eran palpables sus esfuerzos desesperados; Toshio, como si fuera él quien se hubiera sumido en la impotencia, hacía acopio de fuerzas, «¿Qué te pasa? ¿No eres el *Number One*? ¡Ánimo! ¡Muéstrale ese grandioso pene orgullo de la patria!», y, ya puestos, hasta cabía hablar de pito-nacionalismo: si no se enarbolaba, el deshonor caería sobre el pueblo, de haber sido posible, el mismo Toshio lo habría sustituido con gusto, porque él sí la tenía enhiesta desde hacía rato, lanzó una mirada a la entrepierna de Higgins, pero no advirtió alteración alguna.

Tras media hora de lucha encarnizada, el hombre yacía boca arriba, inmóvil, sin ánimos de levantarse, y el chulo: «¿Qué te pasa, Kitchan?», «Lo siento mucho, es la primera vez que me ocurre algo semejante», dijo el hombre con voz opaca, y la mujer: «Quizá se deba al cansancio. Antes nunca le había pasado», dijo, ya sin saber qué hacer.

«Será mejor que descanse un poco y que se tome una cerveza», Toshio, más que el deseo de guardar las apariencias ante Higgins, sentía lástima por aquel hombre que había intentado lo imposible sólo por alcanzar una erección y le alargó un vaso, pero él no lo cogió: «Me avergüenzo de mí mismo. Les devolveré el dinero. Si me dan la oportunidad, la próxima vez actuaré sin cobrarles», dijo en tono ceremonioso, «¡No, no! ¡No se preocupe! A los hombres, nos ocurre esto con frecuencia. ¡Beba!», Toshio lo trató con muchos miramientos, pero el hombre desapareció pronto, como si huyera; Higgins permanecía callado lamiendo un puro.

«Es inaudito que Kitchan haya fallado», y tras enumerar las maravillas de su miembro, «No creo que haya sido por el señor extranjero», sonrió a Higgins. ¿Acaso el tal Kitchan no rondaba los treinta y cinco?, y, pues, ¿por qué no iba a ser Higgins la causa de su impotencia? A poco que Kitchan haya vivido, como yo, las mismas experiencias de la ocupación, y tuvo que vivirlas, da igual si en Tokyo, en Osaka o Kobe, a poco que guarde en su memoria el «*Give me chewing-gum!*» o el pánico ante el físico imponente de los soldados, ¿a qué extrañarse si no se le levanta a los pies del señor Higgins, firmemente asentado en sus cojines? Por más que se esforzara en concentrarse, los jeeps tenían que correr por su mente, el «*Come, come, everybody!*» debía resonar de nuevo en su cabeza, revivir la impotencia de saber que no sólo la flota, sino también los cazas cero, habían sido destruidos, otra vez aplastado por la sensación de vacío del sol abrasador brillando sobre las ruinas calcinadas, lo ha debido de recordar todo de golpe, vívidamente, como si hubiera sido ayer, impotente, pero esto no puede entenderlo el señor Higgins, ni pueden entenderlo siquiera los mismos japoneses que no son de mi generación: los que sí pueden hablar sin inmutarse con los americanos, los que van a Estados Unidos y no se vuelven locos cuando se ven allí rodeados de americanos, los que no necesitan adoptar una actitud defensiva en cuanto ven a algún americano, los que no sienten vergüenza de hablar inglés, los que critican a los americanos, o los que los alaban, ninguno de ellos entenderá jamás la América que está en Kitchan, la América que hay en mí.

También Toshio estaba exhausto, «Mi esposa me ha dicho que esta noche ha preparado una *suki-yaki-party*», «Con su permiso, yo iré a ver a un amigo mío de la embajada», Higgins le dio las gracias al chulo con un tono que sonó a sarcasmo y se marchó a grandes zancadas, con tal seguridad que nadie diría que no había pisado Japón en veinte años. Cuando Toshio llegó solo a casa, Kyôko estaba indignada: «¡Esta mujer es una mal educada! Mira que sabía que había preparado todo esto expresamente para ellos, pero va y me dice de repente que hoy se queda a dormir en casa de unos conocidos de Yokohama», Kyôko había tenido en cuenta el buen apetito de los americanos, porque, en una fuente grande, se amontonaba la carne de Matsuzaka[53] jun-

---

[53] Carne de ternera de gran calidad. Para mejorar el sabor

to al *tôfu*,[54] el *konnyaku*,[55] las cebollas tiernas y los huevos, «Nos lo comeremos de todos modos. Come mucho porque, si no, no sé qué voy a hacer con todo esto», ¡además, es una desagradecida!, y eso que la atiendo con todo mi corazón, pero ¡nada!, hoy, en el autobús, me esforzaba en explicarle esto y lo otro, y ella venga a mirar su guía en inglés, y esta mujer, qué tacaña, ¿sabes?, he visto lo que compraba y todo eran baratijas, y el juguete que le ha comprado a Keiichi parecía uno de ésos que venden en las ferias, ¿sabes?, y qué pesada, siempre buscándole tres pies al gato, estando yo, su madre, delante de Keiichi, se ha atrevido a reñirlo, y, además, qué par de sinvergüenzas, vienen con las manos vacías y venga a gorrear, en Hawai sí que me trataron bien y yo los invité a nuestra casa porque quería agradecérselo, pero ¿hasta cuándo piensan quedarse?, «¡Oye! ¿Me estás escuchando? ¡Digo que hasta cuándo crees que piensan quedarse los Higgins!», «Pues, quizá un mes, más o menos», «¿Qué! ¡Eso ni en broma! Pienso decirles a las claras que se vayan».

Tarde o temprano los Higgins se irán, pero aunque se vayan, los americanos seguirán clavados den-

---

y el aspecto de la carne abrevan a las terneras con cerveza y les dan masajes. *(N. de los T.)*

[54] Cuajada de leche de soja. *(N. de los T.)*

[55] Especie de fideos de aspecto gelatinoso extraídos del tallo de una planta de la familia *colocastia antiquorum*. *(N. de los T.)*

tro de mí y, de vez en cuando, mis americanos me atormentarán y me harán gritar lastimeramente: «*Give me chewing-gum!*», «*Kyuu-kyuu*», quizá sea una alergia incurable a todo lo yanqui. «¿Qué piensas hacer mañana? ¡No les hagas más caso!», Toshio no respondió, en su mente había un solo peņsamiento: la próxima vez, cambiando un poco la atmósfera, acabaría presentándole a algunas *geishas* y debería actuar como el chulo de las *japanese geisha girls*; por muy rápido que moviera los palillos, aquel montón de carne de Matsuzaka no disminuía, tenía el estómago lleno a rebosar, pero seguía embutiéndose la carne a la fuerza, como aquellas algas americanas, ya no notaba el sabor ni el olor, pero Toshio seguía comiendo, desesperado.

ESTA EDICIÓN, PRIMERA,
DE «LA TUMBA DE LAS LUCIÉRNAGAS»
Y «LAS ALGAS AMERICANAS», DE AKIYUKI NOSAKA,
SE HA TERMINADO DE IMPRIMIR,
EN CAPELLADES,
EN EL MES DE NOVIEMBRE
DE MIL NOVECIENTOS NOVENTA Y NUEVE.